LA PLUME DE LAURENCE

ATELIER D'ECRITURE

TOME 3

ANNEE 2021

Textes : LAURENCE SMITS
Mise en page : LAURENCE SMITS
Publication : LAURENCE SMITS
Couverture : CANVA

Qui suis-je ?

Je suis intimement convaincue que tout le monde peut se mettre à écrire.
Laissez-moi vous conter comment j'en suis arrivée à cette affirmation.

Je suis enseignante depuis plus de 40 ans, à l'heure où j'écris ce guide. Et la retraite se profile à l'horizon.
J'enseigne aussi bien le français que l'anglais dans un lycée en zone rurale à des élèves issus de milieux sociaux défavorisés, qui souvent arrivent en classes professionnelles, désemparés et démotivés.
J'ai toujours essayé de donner l'envie de lire, d'écrire, de progresser et d'afficher une ambition.

De donner le meilleur de soi-même.
Avec plus ou moins de succès.
Selon les années et les classes.
L'envie d'écrire m'a toujours taraudée.
Mais, jusqu'à mes 56 ans, entre élever les enfants seule, faire des formations pour mon métier, prendre soin de mon jardin, de

ma maison et de mes animaux, tout cela m'occupait à plein temps.

Les enfants partis du nid, et n'ayant plus rien à prouver dans mon métier, j'ai eu la désagréable sensation de ronronner dans mon quotidien.

Thibault, mon fils aîné, avait déjà commencé son blog sur le bien-être au travail.

Il me relatait le bien-être que lui-même retirait de cette activité, en écrivant et en effectuant ses recherches pour ses articles.

Pendant des mois, il m'a incitée à franchir le pas et à tenir un blog.

Je répondais toujours que je ne me sentais pas compétente en informatique.

La belle excuse !

Ensuite, il a fallu trouver l'idée du blog et avoir la matière pour écrire.

En **avril 2018**, rendez-vous a été pris avec mon fils pour initier le blog.

L'idée de la matière a jailli d'un coup, après quelques hésitations : mon blog concernera l'écriture et la langue française.

J'ai toujours adoré lire et écrire depuis ma plus tendre enfance. J'aime aussi les langues étrangères et les voyages.

Depuis avril 2018, je tiens un blog sur l'écriture, **LA PLUME DE LAURENCE**, www.laurencesmits.com , dans lequel je prodigue des conseils pour aider les lecteurs à écrire. Commencer ce blog était mon premier défi.

Je publie un article chaque semaine, en abordant tous les points possibles liés à l'écriture.
Un an plus tard, j'ai créé mon atelier d'écriture en ligne, qui rencontre un certain succès et qui est entièrement gratuit et accessible à tout le monde, quel que soit l'âge ou le pays d'origine.

Pour participer, vous pouvez me contacter à l'adresse mail suivante :

Laplumedelaurence@gmail.com

Depuis plus de 6 années que j'écris des articles sur mon blog consacré à l'écriture sous toutes ses formes, ***LA PLUME DE***

LAURENCE, je tisse mon chemin de découverte en découverte.

Mon but dans la vie a toujours été de partager avec les autres et d'aider les autres. Je suis comblée avec mon blog !

J'adore relever des défis. C'est la raison pour laquelle j'écris des guides pour aider les lecteurs à écrire et à se lancer dans cette fabuleuse aventure qu'est l'écriture.
Pour vous, j'ai écrit un guide accessible en téléchargement gratuit, *« 111 Jeux d'écriture »* avec des **carnets de voyage au Portugal et au pays Basque**, accessibles aussi gratuitement sur le blog et *« Une année de microfictions »*.

Puis, pour mieux vous connaître, j'ai écrit une série de 3 livres :

- *« Mieux se connaître en 10 étapes »*
- *« Mieux se connaître grâce à 10 tests de personnalité »*
- *« Mieux se connaître grâce à Perec et Barthes »*.

J'ai écrit plusieurs guides aussi, pour vous aider dans votre pratique d'écriture :

- *299 Conseils pour mieux écrire*
- *Mon Calendrier d'Ecriture – Pour vivre la magie de l'écriture au quotidien avec 365 exercices proposés.*
- *10 Rituels pour être bien dans sa vie*

Un autre de mes défis est d'écrire des romans. A ce jour, j'en ai écrit 2 :

- *« Amanda en quête d'amour »*
- *« Le prince d'Adria – tome 1 : coup de foudre à Times Square ».*

La suite du **Prince d'Adria** est à venir.

Si moi, j'ai pu mettre à l'écriture, assez tardivement d'ailleurs, vous aussi vous le pouvez.

Quand vous vous persuadez que vous ne pouvez pas, c'est que vous vous réfugiez derrière vos peurs.

Osez, relevez des défis. Chassez vos peurs, faites-vous plaisir.

Quand vous aurez goûté au bonheur d'écrire, vous ne pourrez plus vous en passer. Croyez-moi, je sais de quoi je parle.

Les propositions d'écriture que je propose dans ce guide sont faites pour vous :

- **Pour vous mettre à écrire.**
- **Animer un atelier d'écriture.**
- **Participer à un atelier d'écriture.**

Procurez-vous un beau cahier et un beau stylo que vous aurez choisis avec soin. Installez-vous dans un endroit confortable, au calme, loin de toute distraction, si ce n'est de la musique douce.

Je vous souhaite, du fond du cœur, des jours merveilleux grâce à l'écriture !

Le fonctionnement de ce guide

Dans ce guide, je vous propose les exercices d'écriture que j'ai donnés en distanciel dans mon blog **LA PLUME DE LAURENCE.**
Je vous donne les consignes telles que je les ai proposées sur le blog en **2021.**

Ensuite, je vous livre des conseils sur la manière d'aborder la consigne ou comment l'exploiter et l'élargir, ainsi que des pistes de réflexion.
Puis, je vous propose un texte, ou deux, que j'ai écrits moi-même à partir de cette consigne.

En matière d'écriture, tout est possible.
La seule limite, c'est notre imagination !
Au fil de ma pratique dans mon atelier d'écriture (un des seuls gratuits sur Internet), j'ai toujours été ravie de constater toutes les directions que pouvait prendre une consigne.

Les participants font preuve d'une imagination débordante et je trouve cela purement et simplement génial.

Quand on participe à un atelier d'écriture, la bienveillance s'impose.
Il n'est nullement question de juger les idées des participants, encore moins de les corriger.
On m'a souvent demandé de juger le texte produit. Je ne l'ai jamais fait, car participer à un atelier d'écriture n'est pas un exercice d'école où on doit noter toute production.
Quand j'ai signifié cet état d'esprit à certains de mes participants, ils l'ont mal pris, car ils attendaient un jugement de ma part.
Or, je le répète, cela ne se pratique pas dans un atelier d'écriture.
Si c'est le cas, fuyez cet atelier…et venez participer au mien en distanciel, j'en serai ravie !
De plus, je suis toujours en activité professionnelle à temps plein et je n'ai pas le temps de commenter 20 à 30 textes par

semaine. Il m'est impossible de gérer cet aspect des choses bénévolement.

Si un participant veut un commentaire plus appuyé sur sa production, c'est un service qui se paye. Les règles existent ainsi partout. Le côté gratuit a ses limites et je ne peux pas tout proposer gratuitement.

Proposition d'écriture N° 1 : se lancer un défi

> **Consigne :**
>
> Votre personnage décide de se lancer un défi en ce début d'année, comme il est de tradition.
>
> Quel défi ?
> Pourquoi ?
> Le réussit-il/elle ?
> Comment vit-il/elle après ?
>
> A vous de répondre à ces questions dans votre histoire.

Mes conseils

Cette proposition d'écriture, comme vous l'aurez deviné, a été proposée au début de janvier 2021. Il est fort intéressant de voir comment on se débrouille à créer un personnage qui relève un défi.

Relever un défi ne signifie pas simplement prendre des résolutions, que nous prenons toutes et tous à tort et à travers à chaque début d'année. Un défi correspond plus à un but que l'on se fixe et qui nous sort de notre cadre de vie.

Donc, un défi ne peut en rien ressembler à quelque chose de banal. Si le personnage prend juste des résolutions pour faire plaisir à quelqu'un ou pour suivre la tradition, le texte sera banal. Le personnage doit avoir quelque chose qui le bloque ou une envie de se surpasser. Derrière tout cela se cachent éventuellement des peurs.

Quelles sont ces peurs ? Pourquoi sont-elles présentes ? Le personnage a dû vivre quelque chose qui l'a bloqué ou il a peut-être des amis qui lui ont lancé un défi. Relever un défi, c'est accepter un challenge, une situation difficile à surmonter, une tâche compliquée à réaliser.

Il faut donc amener le contexte qui explique la situation, sans tout dévoiler dès le départ de l'histoire.

Mon texte

Cette fois, Joséphine en a plus qu'assez. Elle n'en pouvait plus, depuis toutes ces années à rester recluse chez elle, à se poser des milliers de questions :
« Vais-je y arriver ? Eh bien …Oui je vais y arriver ! ».
Combien de fois avait-elle prononcé cette phrase ? Elle ne comptait plus les multiples essais ratés, tentatives qu'elle avait envisagées mais qui, hélas, s'étaient soldés par de cruels échecs, à chaque fois plus difficiles à vivre.
Mais là, elle le sentait, cette sensation, non mieux, cette lame de fond qui vibrait de plus en plus fort dans son être le plus intime la sortirait de ce dilemme. Depuis leur dernière lettre, elle avait compris qu'un déclic s'était produit.

Depuis toutes ces années qu'ils s'écrivaient, qu'ils échangeaient le moindre détail de leur vie respective, ce moment qu'elle redoutait et pourtant qu'elle souhaitait ardemment, elle ne pouvait plus le différer. Elle savait que c'était là le nouveau défi que la vie lui lançait et qu'il était temps de le relever. Une date avait été fixée. Ce serait dimanche prochain, soit dans cinq jours exactement, à onze heures sur le parvis de l'église Saint Antoine, en haut à droite des marches. Signe de reconnaissance, leur livre préféré, « Les racines du ciel » de Romain Gary, tenu à la main. Le premier attendrait l'autre. Cela ferait précisément six ans trois mois et vingt-quatre jours qu'elle n'avait pas franchi sa porte d'entrée.

Depuis ? Elle n'arrivait toujours pas à évoquer cette période sans frémir, la mort de son cher Pierre, assassiné dans des conditions horribles. Elle avait dû se réfugier, complètement paniquée là où elle était depuis tout ce temps. Malgré l'arrestation de l'assassin, rien n'y avait

fait ! Elle refusait de sortir de cet appartement.
Mais, cette fois, elle le savait, elle le ferait. Elle franchirait le pas. Elle rencontrerait ce nouvel amour que la destinée avait mis sur son chemin.
Elle rencontrerait Bruno.

Proposition d'écriture N° 2 : les textos infidèles

Consigne :

Une mariée lit les textos de son mari infidèle au lieu de lire ses vœux.

Blague ou fin du mariage ?
A vous de voir ! Je ne donne pas plus d'indication.

Mes conseils

La situation est claire : un couple et une situation digne du théâtre de boulevard. Une épouse lit des textos qui ne lui étaient pas destinés. Elle aurait dû lire les vœux de son mari.
Cela signifie-t-il que le mari en question est absent ? Travaille-t-il ? Un auteur doit toujours se poser un tas de questions pour cadrer son intrigue.
Bien évidemment, la situation amène un quiproquo et on attend la réaction des deux personnages, surtout celles de la femme, qui se sent trompée d'office. Va-t-elle mettre son mari au pied du mur ? Va-t-elle crier ? Demander des explications ? Ou lui jouer un sale tour pour lui rendre la monnaie de sa pièce ? Va-t-elle subir sans rien dire ?
A mes yeux, il est jouissif de créer une situation, telle qu'on peut parfois le voir dans des films ou des séries. Vous aurez compris que le personnage central de votre

histoire est la femme. Tout va tourner autour d'elle et de ses réactions.

N'oublions pas non plus que je présente la femme comme « une mariée ». Est-elle sur le point de se marier ? Vient-elle juste de se marier ? La mariée voit-elle par inadvertance un texto le soir de sa nuit de noces ?

La consigne est assez courte mais beaucoup de questions se posent. A vous de voir dans quelle direction cela va vous mener …

Mon texte

Paule est infirmière et elle adore son métier, même s'il est prenant, elle ne se voit pas faire autre chose. Quant à Tom, son futur mari, il est régisseur dans un théâtre de la ville où ils vivent en famille. Leur vie a trouvé son rythme de croisière, entre l'école, le sport pour les enfants, les sorties du weekend.

Un matin, au petit déjeuner, ils annoncent à leurs enfants qu'ils vont se marier dans un an. Ces derniers sautent de joie, depuis le temps qu'ils le demandaient à leurs parents. Ils vont tous enfin avoir le même nom de famille tous les quatre. Ils pourront dire devant les copains, « mes parents sont mariés ».

Que de préparatifs pendant un an : chercher la salle d'abord. Qui va-t-on inviter ? Préparer les faire-part. Quel menu choisir et à quel prix ? Sur quel thème se déroulera le mariage ? Quelle toilette pour Paule et leur fille, pour Tom et leur fils ? Les préparatifs avancent au fil des mois. La date de mariage approche et il faut aussi réfléchir au placement des invités, il y en a soixante à caser, car il faut faire attention aux susceptibilités des uns et des autres, se rappeler qui est en froid avec qui, et qui s'entend bien avec qui, sinon gare à la soupe à la grimace…

Le grand jour est enfin arrivé. Paule, Tom et les enfants sont dans un état de joie et d'excitation. Ils sont heureux.

Les convives arrivent au fur et à mesure. Pendant que Paule s'apprête, sa sœur la maquille, la coiffeuse lui fait sa dernière boucle, la voilà magnifique dans sa robe longue dans les tons rose moiré. Quand Paule arrive à la mairie, tenant sa fille à la main, elle aussi est ravissante puisqu'avec sa maman, elles ont choisi la même toilette. Sous les applaudissements, elle cherche Tom du regard. Elle le voit enfin, lui aussi avec leur fils à la main, lui aussi habillé comme son papa. Leurs yeux se rencontrent, ils découvrent à cet instant tout l'amour qu'ils se portent depuis toutes ces années.

La cérémonie civile se passe bien. Le « Oui » fatidique a été entendu par tout le monde, le cortège fait quelques mètres, et les voici dans l'église où leurs enfants ont été baptisés. Une grande émotion s'empare d'eux. Le prêtre les unit, les cloches sonnent à tout va, les larmes coulent, les embrassades fusent de toute part. Des fleurs de toute beauté parent la grande salle où les festivités ont lieu. Tout est fin prêt. Tous les invités rejoignent le lieu du

vin d'honneur, des flashs crépitent à droite et à gauche. « Paule un sourire » « Tom regarde le petit oiseau », « Les enfants avec les parents » …
Le menu est un délice, on danse, on rit, on plaisante. Tous les cadeaux sont posés sur une table un peu à l'écart, l'heure avance, ils les ouvriront demain matin. La nuit de noces a été récupératrice, après des semaines et des semaines à flux tendus pour tout préparer, pour que tout soit parfait. Là enfin, ils vont pouvoir se relaxer tranquillement dans les jours à venir.
Ils déballent leurs cadeaux, comptent « les sous » dans la cagnotte, ils sont aux anges. Ils n'en espéraient pas tant. Ensemble, ils lisent et relisent toutes les cartes de vœux, quand un texto attire l'attention de Paule qui le fait remarquer à son mari, qui fait semblant de n'avoir rien entendu. Paule est intriguée par sa façon de fuir avec des paroles qui ressemblent à de la mauvaise foi, comme s'il avait quelque chose à cacher à son épouse.
Ainsi toute la journée, ce texto résonne dans la tête de Paule, qui ne dit rien. Le

soir, Tom est dans la douche et elle en profite pour jeter un œil sur son téléphone. Elle ne le fait jamais, ayant toute confiance en lui. Elle découvre l'impensable *« Je pense sans arrêt à toi. J'aurais tellement voulu être près de toi. Quand nous retrouverons-nous ? Tu me manques tellement »*.

Des dizaines de messages qui ne laissent aucun doute sur une relation adultère. Quand Tom sort de la douche, il trouve devant lui sa femme transformée en harpie qui lui demande des explications.

Il ne comprend pas ses mots, tellement elle hurle. Et quand il est mis devant le fait accompli, qu'il lit les messages, il s'avance vers elle pour la prendre dans ses bras avec un beau sourire. Elle le repousse d'abord, elle exige des éclaircissements. Il lui demande de s'asseoir face à lui, elle hésite, les mots ont du mal à sortir. Mais, comprenant qu'il ne peut plus reculer, il se lance.

Un an auparavant, il avait découvert sur l'extrait de naissance qu'il avait demandé pour son mariage, un petit encart qui stipulait qu'il avait été adopté. Il avait eu, dans le plus grand secret, un face à face avec ses parents adoptifs (pour qui il a beaucoup de respect), mais qui lui ont menti pendant presque quarante ans. Ils n'avaient jamais pensé indispensable de lui avouer ses véritables origines. Pour lui, c'était dur à avaler un si grand secret de famille, surtout juste avant son mariage. Il avait alors décidé de taire ces confessions, à quelques semaines de son mariage. Tom, après maintes recherches, avait retrouvé sa vraie mère. Il savait désormais pourquoi elle n'avait pas réussi à l'élever, et tous deux attendaient que le mariage soit passé pour en parler à Paule et se réunir enfin pour faire connaissance.

D'où ces textos d'amour pour le fils retrouvé. Les révélations faites, les larmes essuyées, Tom et Paule se précipitent dans les bras l'un de l'autre. Paule est confuse d'avoir pensé au pire.

La voie est enfin libre pour vivre leur vie tous les quatre dans la sérénité et faire connaissance de sa belle-maman tout nouvellement entrée dans leur vie.

Proposition d'écriture N° 3 : une panne d'Internet

Consigne :

Votre personnage subit une grave panne d'Internet chez lui ou chez elle.

Il lui est impossible de se connecter. Il ou elle ne peut plus utiliser son ordinateur ni son téléphone portable. Le personnage est coincé à la maison à cause d'une grosse tempête de neige.

Vous avez 2 options à développer dans votre histoire au choix :

1) Soit le personnage « pète un câble » de ne plus pouvoir se connecter à tous ses réseaux sociaux préférés. Il ou elle est au bord de la crise de nerfs ou au bord du suicide. Il lui est impossible de vivre comme ça sans ses compagnons de tous les jours.

> **2)** Soit le personnage prend ce temps-là pour renouer avec les activités qu'il ou elle préférait avant (jouer aux jeux de société, lire des livres papier, marcher à l'extérieur et non sur un tapis de marche, cuisiner). En un mot, tout ce que vous voulez en matière d'occupation. Le personnage redécouvre la vie, la vraie vie !

<u>Mes conseils</u>

La situation est très claire : une tempête de neige bloque tout et a cassé le réseau Internet. Plus aucune connexion n'est possible, sauf peut-être avec les anciens téléphones. La vie quotidienne est forcément très perturbée si on dépend de l'outil informatique pour tout.

On pourra inventer un personnage qui devient fou car sa petite vie quotidienne est perturbée par la situation et qui ne sait pas profiter du temps pour soi retrouvé. Cela existe, surtout chez les générations les plus jeunes.

On pourra aussi inventer un personnage qui comprend le bénéfice de la situation dans laquelle il se trouve et qui revit une vie, quand il était plus jeune, où on ne dépendait pas de cette technologie.

Ce sera à vous de choisir la version qui vous conviendra le mieux pour écrire votre histoire. Les faits divers regorgent d'histoires où des gens sont restés bloqués à cause d'une tempête de neige, comme dans un refuge en montagne, ou dans une auberge. Ce temps suspendu à cause d'une tempête de neige pourrait être le scénario d'un téléfilm de Noël.

Pour certaines personnes, être bloqué fut comme une parenthèse enchantée, loin du quotidien. Coupés du monde, elles en ont profité pour chanter façon karaoké. On peut passer un bon moment sans qu'internet intervienne pour nous distraire.

On peut discuter, chanter, lire ou jouer, blottis au coin de la cheminée. On peut se rendre dehors pour retrouver son âme d'enfant et construire un bonhomme de neige.

En un mot, tout est possible en fonction de la direction que prendra votre histoire.

Mon texte

Quel temps béni entre tous que ces quelques jours que nous vécûmes ! Une incroyable panne d'électricité due à une terrible tempête de neige nous avait permis de nous rassembler ce weekend tout autour de la cheminée, qui n'avait pas fonctionné depuis fort longtemps. Les fêtes de Noël approchaient et tous les membres de la famille étaient arrivés avant pour bénéficier des activités en montagne, eux les citadins qui oubliaient souvent les joies de se retrouver en pleine nature.

Heureusement, on avait fait le plein de bois pour la saison hivernale. Antonio, mon revendeur habituel, m'avait assuré que nous aurions de quoi tenir plusieurs semaines sans problème. Au cas où. Comme il avait eu raison, prévoyant comme toujours !

D'autre part, il fallut ressortir tout ce qui nous pouvait nous permettre de nous éclairer sans la magie de l'électricité. Les enfants se chargèrent d'aller fouiller dans le grenier à la recherche des vieilles lampes à pétrole de la grand-mère, les adultes installèrent des bougies qui trouvèrent vite leur place dans la grande salle du chalet, près de la cheminée, qui devint, par la force des choses, le cœur de toutes nos attentions, quand nous comprîmes que nous serions bloqués par cette forte tempête, au moins tout un weekend, loin de notre confort habituel et de nos habitudes. C'était un moment suspendu et inespéré de nous retrouver tous ensemble comme au bon vieux temps.

Nous avions de quoi nous éclairer correctement. Nous étions de toute façon coincés, le temps que le chasse-neige déblaie la route principale qui menait au centre du village. La tempête sévissait dans toute la vallée.

Nous devions fêter Noël dans deux jours et nous n'avions pas envie de nous laisser envahir par la morosité de la situation.

Tous les téléphones furent rangés dans les valises, inutilisables, au grand dam des adolescents. Personne n'avait le moindre regret, du moins parmi les adultes. Il n'en allait pas de même des jeunes, qui devaient se sevrer de leur réseau Tik Tok.

Nous nous sentions dans une sorte de bulle de bien-être. La neige recouvrait les montagnes et les routes et nous isolait de l'agitation du monde extérieur.

Je pris en charge le repas du soir, une soupe de légumes concoctée avec les légumes de notre potager, que nous avions précieusement conservés. Nous avions de quoi tenir un siège avec les victuailles que nous avions achetées en prévision des fêtes.

La cuisinière à bois ronflait, contrairement à son habitude et un délicieux fumet se propagea dans toute la maison. Pour le dîner, on recouvrit de grandes tranches de pain de jambon sec du pays et de reblochon, Savoie oblige, accompagnées de pommes de terre cuites dans la cheminée. Cela convenait parfaitement à l'ambiance du lieu. On se serait cru revenus cent ans en arrière, du temps de nos aïeux.

On déboucha une bouteille de vin blanc de la région pour accompagner notre repas succulent, mais simple. Paul, mon mari, eut la fabuleuse idée, à la fin du dîner, de nous préparer un vin chaud à la cannelle pour les adultes et un savoureux chocolat chaud dans lequel surnageaient des chamallows appétissants pour les plus jeunes. Ce fut comme un retour dans notre enfance, quand le grand-père chérissait ces traditions, au coin de la cheminée, quand nous revenions à la ferme pour célébrer les fêtes de fin d'année. Nous visions toujours de doux moments de partage, de joies, de rires, comme on en connaît à la montagne. L'instant était suspendu. Les conversations allaient bon train. Je regardais, émue, celles et ceux qui m'entouraient pour ces fêtes un peu particulières et je me disais qu'il y avait longtemps que nous n'avions pas disposé de ce temps « hors du temps ». Pas de petits bruits discrets et de sonneries qui émanaient d'un quelconque écran. Seulement nous, rien que nous, dans un cocon ouaté ! Sans lien avec le monde extérieur, sans actualités qui rendaient la vie morose, juste nous et un petit bonheur de tous les instants à notre portée.

Chacun prenait ses marques et occupait l'espace à sa manière, sans empiéter sur celui de l'autre. Il faisait bon, cela sentait bon. Je choisis de m'asseoir dans le gros fauteuil face à la cheminée. J'étais bien. Je regardais mon petit monde avec émotion.

Visiblement, ces fêtes étranges plurent à tout le monde, car quand l'heure du départ sonna, les jeunes en redemandèrent pour l'année suivante.

Proposition d'écriture N° 4 : l'histoire d'une personne âgée

Consigne :
Imaginez ou racontez l'histoire d'une personne âgée, qui s'exprime en utilisant « je », même si ce personnage est inventé.

> Racontez sa journée, ce que ce soit dans une institution ou chez elle, voire ailleurs. Vous pouvez aussi évoquer son passé.
> Vous êtes libre aussi de dénoncer des situations que l'on peut voir ou entendre.

Mes conseils

Comme très souvent dans mes propositions d'écriture, vous avez le choix d'aborder la consigne comme bon vous semble. Mais, il est important d'utiliser la première personne du singulier comme demandé, pour faire parler cette personne. On peut le faire aussi, même si on décide de raconter son passé.

Une personne âgée, c'est tellement d'histoires à écouter et à raconter. C'est un moment suspendu dans la vie frénétique de tous les jours. Dans nos sociétés occidentales, il me semble que nous ne prenons pas assez soin de nos personnes âgées.

Pour composer son histoire, on peut imaginer être un/une bénévole au sein d'une association qui vient en aide aux personnes âgées, comme Les Petits Frères des Pauvres par exemple, qui s'occupe essentiellement des personnes âgées isolées. On peut imaginer être une personne qui travaille au sein d'une maison de retraite, qui décrit les conditions dans lesquelles elle travaille au quotidien.

On peut tout aussi bien imaginer la vie passée d'une personne âgée. Il est facile, de nos jours, de faire des recherches sur internet ou dans une médiathèque pour savoir comment vivaient nos anciens. Ils ont transmis un héritage, qu'on a tendance à oublier.

Mon texte

Arlette. Je m'appelais Arlette. Un prénom peu commun à votre époque. Mais, à ma naissance à la fin des années 1930, les prénoms se terminant en -ette étaient à la mode. Je suis décédée en décembre 2022, dans mon sommeil, dans la solitude la plus complète et dans un dénuement total, seule dans mon petit appartement dans une ville picarde, à dix kilomètres de mon fils aîné.
Je me suis mariée par dépit, car mon amoureux avait choisi au départ une autre femme pour convoler en justes noces. Je n'avais pas d'autre solution pour partir de chez mes parents le plus vite possible. Je n'ai jamais aimé mon mari, Michel, d'origine espagnole. Son père avait fui la Guerre civile dans les années 1930 et était venu se réfugier en Picardie, le plus loin possible de sa patrie d'origine, pour être sûr que personne ne le retrouverait.
Mon mari et moi avons passé notre vie à nous disputer sans cesse. Nous n'avions rien en commun, mais à mon époque, on

faisait bonne figure. Il n'était pas question de divorcer, car, de toute façon, je n'avais aucun revenu. J'habitais dans mon village de naissance et il n'y avait aucun travail digne de moi. Et quels droits avaient les femmes à cette époque, dans les années 1950 ?

Moi, j'aimais bien les belles toilettes, par mon métier de couturière. Mon mari, lui, avait pour passion le tiercé. Il engloutissait des sommes folles dans ce jeu et a agi ainsi jusqu'à la fin de ses jours. Je me suis profondément ennuyée à vivre dans mon village. A part rendre visite à ma famille et cancaner avec les voisines, je n'avais pas d'autres activités, en dehors de m'occuper de mes enfants.

J'ai aimé vivre au-dessus de mes moyens et prétendre que j'étais une princesse. Tout cela était bien loin de ma réalité. Je m'inventais des vies en feuilletant des magazines comme France Dimanche. Je n'en disais rien à mon mari, qui n'aurait rien compris de toute façon.

L'amour avec lui, ce n'était pas vraiment de l'amour, ni de la tendresse. Il accomplissait son devoir conjugal, selon la formule consacrée. J'ai eu ainsi deux garçons, sans compter les grossesses non désirées que j'ai fait partir. Deux fils au caractère diamétralement opposé. L'aîné ne s'entendait pas avec son père et passait son temps à vadrouiller dans la nature. Le second a fait les pires bêtises, mais c'était mon chouchou. Je lui passais tout. Il me l'a bien rendu. Vers ses cinquante ans, il nous a laissé tomber. On n'a plus aucune nouvelle de lui. Il ne s'est même pas rendu aux obsèques de son père.

Bien sûr, je n'ai pas été une femme parfaite. J'avais mes défauts, comme tout le monde. J'ai été élevée à la dure et ça laisse des traces dans une vie, avec des parents que je respectais, mais qui nous donnaient des claques pour un oui pour un non. Je n'ai pas su donner l'amour que mes enfants attendaient de moi. J'étais obsédée par la propreté de ma maison. De plus, je ne pouvais pas sortir, ni aller en ville, n'ayant jamais eu le permis.

A mon insu, un jour, mon mari a mis notre maison dans mon village natal en vente et on s'est retrouvés en location dans un appartement, en ville. J'étais en ville, certes, mais pas plus heureuse pour autant. N'ayant jamais d'argent d'avance, je n'invitais que très rarement mon fils aîné, sa femme et leurs deux enfants. Ils me l'ont bien rendu quand je suis devenue une vieille femme. Ils ont fait pareil, ne m'invitant jamais, même pas pour Noël.

J'ai eu une drôle de vie, pas celle que j'aurais souhaitée, loin de là. Quand mon mari est décédé, mon fils aîné m'a placée sous tutelle, car Michel avait laissé de nombreuses dettes. On m'a trouvé un appartement plus petit, duquel je ne sortais presque jamais, ne pouvant plus me déplacer. Les dernières années, je n'avais, pour seule visite, que celle de mon aide à domicile, qui me faisait aussi les courses. Et, de temps à autre, celle de mon aîné, qui passait en coup de vent.

Tout compte fait, j'ai vécu tout le contraire d'une vie de princesse.

Proposition d'écriture N° 5 : le mentaliste

> **Consigne :** certains mentalistes font des spectacles.
>
> Vous avez plusieurs pistes pour votre histoire :
>
> - soit vous ou votre personnage êtes choisi pour monter sur scène durant le spectacle d'un mentaliste et faire le numéro avec le mentaliste en question. Vous racontez l'expérience que vous avez vécue, vos impressions, vos peurs, etc.
>
> - soit vous êtes mentaliste vous-même. Vous racontez alors comment vous en êtes venu à exercer ce métier, ce que vous faites de vos "dons" et comment vous exercez votre métier (dans le spectacle ou dans un autre domaine).

Mes conseils

Je suis certaine que certaines et certains d'entre vous se poseront des questions sur ce qu'est un mentaliste. Un mentaliste est avant tout une personne qui semble posséder des pouvoirs paranormaux pour prédire le caractère d'un individu, ainsi que des détails sur sa vie personnelle.

C'est en fait une personne qui utilise l'acuité mentale, l'hypnose et/ou la suggestion. C'est une forme de magie renouvelée qui connaît un franc succès.

Certains mentalistes deviennent célèbres, tels David Copperfield, Viktor Vincent ou Patrick Jane par exemple, et gagnent leur vie en organisant des spectacles à succès. Donc, pour construire votre intrigue, il vous faudra faire un peu de recherches sur le métier de mentaliste, pour cerner les activités précises qu'il peut mettre en scène.

Vous trouverez facilement des vidéos sur YouTube, dont certaines dévoilent les coulisses du métier. On peut apparenter un mentaliste à un illusionniste. D'ailleurs, la série « Mentalist » a connu un succès retentissant. Le métier d'un mentaliste est surtout de faire illusion. Dans les tours qu'il peut proposer, il y a des trucs.

Pour bien construire son intrigue, il faut avoir à l'esprit que le mentaliste possède un sens aigu de l'observation. Il analyse en un éclair la gestuelle, l'habillement, la voix d'une personne, qui permet au mentaliste d'avoir un temps d'avance sur les spectateurs. Ce professionnel est aussi doté d'une mémoire ultradéveloppée qui ne peut qu'impressionner le public.

Nous sommes d'accord : c'est une forme de manipulation, car pour que les expériences sur scène fonctionnent, il faut mettre les personnes en condition, en parlant sur un rythme rapide par exemple, pour les obliger à se concentrer. Une fois les personnes en question bien concentrées, le mentaliste utilise certaines failles cognitives du cerveau.

Cela reste un métier bien mystérieux mais médiatique, et peut-être serait-il judicieux de tenir compte de ce point de vue des choses.

Mon texte

J'ai cru mourir de peur le jour où David Jarry est venue me chercher dans les spectateurs pour monter sur scène. Je suis timide et en général, je préfère me cacher derrière les autres et ne pas prendre d'initiatives. Surtout pas de ce genre, lever une main pour participer à un spectacle devant des milliers de gens.
Je n'avais pas choisi de me trouver dans ce lieu à ce moment-là. C'était un cadeau de Noël de ma mère, qui, croyant bien faire, m'avait offert des places avec une copine pour assister soi-disant à une expérience incroyable. Elles formulaient l'espoir que ma timidité s'envolerait une fois sur place, comme par miracle.
En ce samedi 25 février, David Jarry a commencé son spectacle « Mental Circus » dans ma bonne ville de Fougères. Cela aurait dû être une soirée exceptionnelle, bien que j'y sois allée en traînant les pieds. Ce mentaliste jouait à guichets fermés et tout le monde disait que

c'était une prouesse bluffante et que le public en ressortait toujours impressionné et captivé.

A notre arrivée, je dois avouer que l'ambiance des années 1930 était sympathique et l'idée d'un cirque imaginaire l'était tout autant. A un moment donné, le mentaliste en question changea de ton, en même temps que la musique. Il affirma que le pouvoir changeait de main et qu'il le plaçait dans les mains du public. Donc, nous étions sensés nous en emparer. Là, j'ai commencé à paniquer.

Je me disais « oh mon dieu, pourvu qu'il ne vienne pas jusqu'à moi » et je fermais les yeux. David Jarry voulait que les gens se découvrent des capacités insoupçonnées et des dons qui pouvaient conférer aux miracles. Ce furent ses propres paroles.

Je dois dire qu'il était doué pour parler et qu'il faisait tout pour mettre les gens à l'aise. Il avait, en l'occurrence, besoin de cinq personnes, d'âge et de taille différents. J'aurais payé cher, très cher même, pour rester confortablement installée dans mon fauteuil, cachée dans la salle. Mais, le sort en avait décidé autrement et je devais me souvenir fort longtemps de cette expérience incroyable.

Me retrouvant sur scène avec les quatre autres protagonistes, le mentaliste me demanda de penser à un objet. Comme une bonne élève, je répondis à toutes ses questions dans ma tête. Comme il était très doué, il devina le mot « montre » que j'avais choisi.

Que voulait-il montrer au juste ? Que l'esprit n'avait pas de limite ? Il s'en amusait avec délectation, tout comme j'avais l'impression qu'il s'amusait de me voir si mal à l'aise et morte de trouille. J'étais tellement éblouie par les projecteurs que je ne voyais pas le public.

Puis, nous enchaînâmes les exercices de calcul mental, de télépathie, de prémonition, de couteau caché je ne sais où. Le public était aux anges, lui. Il avait ce pourquoi les gens avaient payé leur billet : voir le maître incontesté du mentalisme en chair et en os, se plonger dans du mystère et de l'étrange. Je sentais bien que le public était galvanisé et subjugué. Ils étaient sous le charme de la magie et de cette histoire de magie qu'on leur racontait.

Nous, sur scène, nous devions utiliser nos cinq sens. Mais comment le faire quand on avait le corps paralysé par la peur ? David Jarry avait ses secrets et même sur scène, nous étions incapables de les voir. Les autres personnes sur scène étaient enthousiastes, pas moi.

J'avais si chaud et je me sentais si mal que je finis par m'évanouir. Quand je rouvris les yeux, j'étais dans les bras du mentaliste lui-même. Il faisait comme si mon malaise faisait partie du spectacle. Je frissonnais, je voulais m'enfuir, mais j'étais bloquée, subjuguée par le regard si doux de David Jarry.

La fin de l'histoire est celle d'un conte de fées, puisque je suis devenue la femme du mentaliste. Il ne me laissa jamais repartir après son évanouissement. Je suis tout simplement devenue son assistante.

Proposition d'écriture N° 6 : écrire à partir d'un incipit célèbre

---

Consigne :

Il s'agit d'écrire à partir de l'incipit du roman « L'Etranger » d'Albert Camus : *« aujourd'hui maman est morte »*.
Votre histoire commencera impérativement avec cet incipit du roman volontairement écourté.
Pour le reste, suivez votre imagination à votre guise.

Mes conseils

Il est très courant, dans un atelier d'écriture, de faire écrire les participants à partir d'un incipit, célèbre ou pas. Un bon incipit est la première phrase d'un roman qui doit normalement accrocher le lecteur.

Dans ce célèbre incipit, c'est le cas. On se demande tout de suite qui est le narrateur et pourquoi il évoque sa mère décédée dès le départ, alors que nous ne savons rien de l'histoire à ce stade. Pourquoi cette mère est-elle décédée ? De quoi est-elle morte et où ? Telles sont les questions que le lecteur est en droit de se poser.

C'est le but de toute proposition d'écriture, se poser des questions, qui appellent encore d'autres questions. Les questions vont donner une trame pour démarrer l'histoire, qui doit, bien sûr, être éloignée du roman original.

Un incipit est la porte d'entrée d'un roman ou d'une histoire. Voici les questions à vous poser pour réussir la suite de votre récit :

- Comment allez-vous poursuivre votre histoire après cet incipit ?
- Sur quoi ? Une action, une sensation, un sentiment, une couleur, du suspense, etc. ?
- Quelle atmosphère voulez-vous créer ?

- Que voulez-vous dire ou ne pas dire ?

La seule chose à retenir pour réussir le début de votre histoire, c'est que vos premières phrases doivent accrocher le lecteur après cet incipit. Il doit être question au minimum d'un narrateur (avec « je » ou pas) et du personnage de la maman qui est morte.

L'incipit le plus célèbre est la phrase qui démarre tout conte digne de ce nom : « *il était une fois...* ». On connaît cette phrase depuis notre plus tendre enfance. Elle annonce clairement le genre de l'histoire qui va suivre. Et nous, enfants, nous étions émerveillés d'écouter l'histoire, même si nous la connaissions déjà.

Mon texte

Aujourd'hui maman est morte.

J'avais huit ans. J'entendais le remue-ménage dans la rue, je ne comprenais pas pourquoi maman ne se réveillait pas, pourtant il faisait grand jour. Je m'appelle Nadine, ma mère tenait une mercerie, et toute la journée ça papotait entre ma mère et les clientes à l'affût du moindre commérage. La vie coulait doucement avec l'amour que je recevais d'elle, car mon père, lui était enterré dans la tombe du soldat inconnu à l'Arc de Triomphe.
Ne riez pas, je l'ai longtemps soutenu avec toute la véhémence de ma jeunesse. Je sentais que tout le monde riait sournoisement quand je le disais, puis un jour ma mère m'a expliqué que s'il était inconnu, ce n'était sans doute pas mon père. Par déception et manque de curiosité, je n'ai pas posé d'autres questions.
Donc, le printemps arriva, tout refleurissait, la vie était belle, mais ma mère devait être très fatiguée car elle ne se réveilla pas ce matin-là. J'entendais les pipelettes sonner à la boutique, j'entendais leurs appels « Nelly, tu n'ouvres pas aujourd'hui ? ».
Mon instinct me renvoyait vers ma mère,

je l'embrassais, lui demandais de se réveiller, je me collais contre son corps pour la réchauffer, je sentais sa froideur inhabituelle à travers mon pyjama. Au bout de quelques minutes, j'en eus marre, je me dirigeai vers la porte pour faire taire toutes les bonnes femmes, pour laisser maman se reposer. Je leur expliquais la situation, deux d'entre elles me bousculèrent, et montèrent quatre à quatre les escaliers. Elles m'empêchèrent de rentrer, et je les entendis parler à mi-voix. Je n'entendais que des murmures, des bouts de phrases. Au bout de quelques minutes, la grosse Germaine ressortit, m'attira vers elle, je respirai sa sueur, elle m'annonça sans prendre de gants « Nadine, ta mère est morte ».

Je ne voulais pas le croire, pas maman, elle si belle avec ses longs cheveux bruns tout bouclés. Même, elle avait du succès, souvent j'avais des tontons qui venaient la voir, et repartaient le lendemain matin. Je devais me rendre à l'évidence, car maintenant, c'était un défilé qui montait et descendait. J'entendis, « que va-t-elle devenir ? A -t- elle de la famille ? A l'assistance publique, elle serait trop malheureuse. » J'étais perdue, oui qu'allaient-ils faire de moi ? Ma mère fut enterrée, il y avait beaucoup de badauds et peu de fleurs, elle qui les aimait tant...

Et moi, moi, j'avais huit ans, ils décidèrent alors pour moi, sans me demander mon avis, que j'irais à l'école dans une autre ville et en pension chez un lointain cousin en attendant de pouvoir travailler à l'usine dès mes quatorze ans. De mauvais grâce, je suivis leurs conseils. Que pouvais-je faire d'autre ? J'étais glacée à l'intérieur, ma mère ne pouvait plus me faire de câlins, elle me manquait tellement.

Les années ont passé. J'ai maintenant dix-huit ans, je suis un beau brin de fille, c'est le seul héritage que j'ai reçu de ma mère, « sa beauté » et après qu'est-ce que je vais en faire de cette beauté ?

Je tourne et retourne dans ma tête que je ne peux plus rester ici à faire ce travail de bagnard, je dois prendre ma vie en mains. Je ne dis rien à personne, j'ai quelques petites économies à force de privations, je me renseigne pour un aller simple, direction la capitale. Je fuis, une fugue en quelque sorte, je ne suis pas majeure. Mon pauvre pécule a vite fondu. Malgré ma naïveté, j'étais en état d'alerte, dans tout ce brouhaha, ces regards louches. Fort heureusement, une fée vint à moi. Une dame très aimable, fort maquillée, s'approche et me demande ce que je fais ici avec mon maigre ballot. Je lui explique succinctement ma situation. Elle me dit « il ne faut pas rester seule, viens chez moi, je vais t'héberger le temps que tu trouves ta voie. » Je ne t'oublierai jamais Maggy, tu m'as donné d'excellents conseils, je ne t'ai jamais jugée pour le métier que tu as exercé, et du fond du cœur, tu ne remplaces pas ma maman, mais tu es ma deuxième maman.

Un jour, j'ai répondu à une petite annonce qui recherchait une jeune figurante. Mon sourire les a séduits. Faire la figurante, c'est vrai, mais de façon très fulgurante. Toutes ces lumières, cette atmosphère inconnue pour moi, les costumes, tout me plaisait.

Avec mes maigres ressources, j'ai pris quelques cours de théâtre. Puis, j'ai joué dans la rue moyennant quelques pièces jetées à terre. De fil en aiguille, j'ai pris de l'assurance, j'ai été repérée, et enfin un cinéaste m'a donné un petit rôle de jeune

première un peu dénudée. J'ai saisi la chance, mon nom d'artiste était
« Nadine Tellier ».
Mon vrai nom était « Nadine Lhopitalier ». Il s'est affiché de plus en plus grand, j'étais une petite starlette. Quelques années ont passé. J'ai continué à faire des films, puis mon destin a changé du jour au lendemain, après une rencontre incroyable. Un Monsieur distingué m'a invité dans un Palace bien connu de Paris. Il a divorcé, m'a épousée et je suis devenue Nadine de Rothschild. Vous connaissez la suite…
J'ai un peu romancé l'histoire, mais Nadine Tellier a vraiment existé, d'ailleurs elle est toujours en vie. C'était une enfant pauvre de Picardie, comme tant d'autres. Elle a travaillé en usine pour aider sa mère, est devenue comédienne, et a épousé le Baron Edmond de Rothschild. Excusez du peu.
Elle a toujours cru en son étoile, et elle a décroché la lune…

Proposition d'écriture N° 7 : 10 mots à placer

Consigne :

Vous allez devoir placer les 10 mots suivants dans votre histoire :

- Chronique (nom ou adjectif)
- Copie
- Pluie
- Roman
- Amour
- Mairie
- Hamburger
- Garder
- Chien
- Choisir un pays ou une ville

Mes conseils

Cette consigne d'écriture est aussi un classique des ateliers d'écriture. Sans autre cadre, les mots donnés, souvent au hasard, permettent d'élargir son imagination.
Il y a quelques écueils à éviter dans ce genre d'exercice d'écriture. On a souvent envie de caser les mots le plus rapidement possible, mais cela ne doit pas guider votre démarche. Il est parfaitement inutile de vouloir inclure tous les mots dès le début de votre histoire.
Au contraire, prenez le temps de poser une base solide dans laquelle les mots s'insèreront plus naturellement. De la même façon, ne forcez pas l'utilisation d'un mot. S'il faut renoncer à une certaine forme de logique pour placer un mot, vous faites fausse route. Vous n'êtes pas obligé non plus d'insérer les mots dans l'ordre d'apparition dans la consigne.
Au préalable, étudiez les mots, voyez ce qu'ils appellent en vous, des souvenirs peut-être. Considérez les multiples façons

dont vous pouvez les employer : sens premier, sens second ; sens figuré, sens familier, sens détourné, phonétiquement. « *Citerne* » se prononce « *si terne* » par exemple.
Vous pouvez partir d'une blague au lieu d'une histoire. Si en voyant un mot, vous avez d'un coup une blague qui surgit, alors foncez dans ce sens. Mon conseil principal est de fuir les évidences.

Mon texte

Ally souffrait d'une maladie chronique, non contagieuse et contre laquelle aucun remède n'existait : elle dévorait les romans, pas au sens premier du mot, non, c'était une lectrice compulsive. Que le soleil brille, que la pluie soit au rendez-vous, quelle que soit la météo, elle lisait plusieurs heures par jour.
Ally ne lisait pas n'importe quels romans : elle avait une prédilection affichée pour les romans d'amour. Elle se prenait à chaque

fois pour l'héroïne. Elle se voyait à chaque fois dans les bras de l'homme qui faisait chavirer le cœur de la femme en question. Elle était triste à chaque fois qu'elle lisait le mot 'fin'.

Elle était malgré tout obligée de lever le nez de ces pages qui défilaient devant ses yeux. En effet, elle avait un métier. On ne le croyait pas quand on l'observait, mais elle travaillait. Elle était la secrétaire de mairie à temps partiel de son village charentais, Blanzac. Cela lui laissait de nombreuses heures en plus pour s'adonner à sa passion.

Ally avait aussi une autre obligation : elle avait un chien qu'elle devait promener tous les jours. Cela lui permettait de s'aérer, étant toujours enfermée. C'était d'ailleurs la raison pour laquelle elle avait adopté un chien au refuge le plus proche de son domicile. Bien qu'elle passât sa vie avec tous ces personnages fictifs, il lui manquait une présence dans son petit logement. Elle aurait pu prendre un chat, cela lui aurait évité de sortir après le travail. Mais, Ally n'aimait guère le caractère indépendant et facétieux des félins. Elle avait gardé un mauvais souvenir des chats qui avaient croisé son enfance.

Ally consacrait tous ses weekends à la lecture, en dehors de la promenade du chien. Elle avait toujours une pile prête à l'emploi. Alors, pour jouir encore plus et rester dans son univers de romance, elle ne cuisinait pas. Quel intérêt ? En prévision de ses heures délicieuses, elle prévoyait des hamburgers pour chaque repas. Elle se moquait bien de tous les avis des nutritionnistes. Elle n'écoutait jamais personne, et se forçait à rendre visite à ses parents une fois par mois. Elle avait choisi de vivre assez éloignée d'eux pour qu'ils ne viennent pas l'envahir. Elle avait toujours refusé de devenir une pâle copie de sa mère, toute dévouée aux besoins de son mari et ne faisant rien le reste du temps. Certes, pour fuir sa famille le plus rapidement possible, elle avait rejeté toute forme d'étude. Elle menait la vie qu'elle souhaitait, sans les regards et jugements des autres. Qui aurait pu comprendre qu'elle nourrissait une passion pour les romans d'amour ? Pas ses parents en tout cas qui l'auraient prise pour une satanée paresseuse si elle s'était comportée ainsi durant son enfance et son adolescence. D'aucuns pourraient aussi insinuer qu'elle vivait sa vie par procuration à travers ses personnages. Et les autres ? Comment vivaient-ils, eux ?

Ally était bien dans ses baskets et elle était heureuse ainsi. Elle préparait son avenir dans le plus grand secret. Elle avait écrit un roman en cachette, un roman d'amour bien sûr, qui avait été accepté aux éditions Grasset. Son éditeur pensait assurément qu'elle serait le prochain prix Goncourt. Mais, chut, c'était un secret bien gardé !

Proposition d'écriture N° 8 : insérer une phrase à la fin de son texte

Consigne :

La phrase suivante « *j'aurais aimé avoir une vie normale* » sera la dernière phrase de votre texte.
Pour le reste, vous avez le champ libre.

Mes conseils

Il est fréquent que l'on propose un incipit dans un atelier d'écriture, rarement la dernière phrase. En conséquence, il va vous falloir bien réfléchir en amont à l'intrigue que vous mettrez en place. La phrase que je propose ne peut pas arriver comme un cheveu sur la soupe comme ça, parce que c'est la dernière phrase justement.

Cette phrase doit absolument être la conclusion de ce qui précède. Donc, on doit raconter la vie d'une personne, une vie qui sort sans doute de l'ordinaire. On peut aussi s'interroger sur la définition d'une vie normale. Un personnage, tout comme un être humain, vit des hauts et des bas. Il ou elle cherche à passer outre les désagréments de l'existence pour vivre « normalement ».

On peut imaginer un personnage qui vit dans la dissimulation, ou qui révèle ses secrets dans un confessionnal, ou qui rédige une autobiographie avant de mourir. La phrase de la consigne pourrait devenir sa conclusion.

Pour placer la phrase, tout dépendra du contexte que vous donnerez à votre histoire. Si un personnage fait l'expérience de la maladie, on comprend tout de suite son désir de vouloir mener une vie normale. En effet, il peut se cacher des tragédies au lieu d'avoir une vie normale.

Mon texte

J'ai ving-deux ans, je m'appelle Amanda et je trouve enfin le courage aujourd'hui de vous raconter mon histoire. Ce que j'ai à vous dire n'est pas joyeux, mais c'est le récit de ma toute jeune vie.
Je suis la deuxième fille de ma fratrie. Quand je suis née, ma mère ne s'est pas vraiment intéressée à moi. Je l'embêtais, comme elle le répétait sans cesse, à ne pas vouloir dormir quand elle, elle le voulait. J'étais un bébé agité et gênait ma mère car elle préférait regarder sa chère télévision plutôt que de s'occuper de moi. Je n'ai jamais reçu un vrai câlin, ni un bisou sonore, ou tout autre geste d'affection de sa part depuis que j'ai poussé mon premier cri.
A vrai dire, je n'ai jamais vu une once d'amour dans son regard, comme tout enfant devrait voir dans le regard de sa mère. Cela me blesse encore terriblement aujourd'hui. J'en porte toujours les séquelles.

Mon père se comportait comme un fantôme et laissait l'éducation des enfants à sa femme, comme tout ce qui concernait l'entretien de la maison. Lui, c'était le foot, sa bière, la chasse et ses potes, qu'il voyait tous les weekends.

En maternelle, j'étais toujours agitée. Rien n'avait pu me calmer. Je mordais les autres enfants. Mon père est venu je ne sais combien de fois me récupérer à l'école, car les maîtresses ne voulaient plus de moi. J'étais impulsive et je faisais peur à tout le monde, aux enfants comme aux adultes.

Je n'ai aucun souvenir véritable de mon enfance, aucun souvenir joyeux. Aucune image, que du flou dans le champ de coton de ma mémoire. Au niveau du comportement, je n'avais pas progressé à l'école primaire. Alors, mes parents ont pris la décision de me retirer du cursus scolaire. Une AVS venait à la maison le matin pour me prendre en charge et l'après-midi, je m'enfermais dans ma chambre. Ma mère, excédée par les tracas que je lui causais, m'insultait et si je montrais mon minois, mon père me frappait en rentrant du travail.

J'avais des traces de coups sur mes membres fragiles de petite fille. Un jour, j'ai même eu un bout de dent cassé. Je devais avoir dans les treize ans. Mais comme je vivais en permanence à la maison, personne ne pouvait faire de signalement sur mes conditions de vie. Mes sœurs vivaient leur vie, je vivais la mienne du mieux que je pouvais. Je ne jouais pas avec elle, elles avaient l'interdiction de m'approcher de trop près. Avec le recul, je ne blâme pas mes parents ; ils étaient dépassés par les événements, car je les ai obligés à rompre avec leur petite routine bien huilée. Ils ne me considéraient pas comme une enfant normale. Ils disaient toujours que je leur faisais vivre un enfer.

Je ne suis pas allée au collège, ni au lycée. Je suivais les cours par correspondance. J'étais capable de me débrouiller toute seule. J'étais même plus douée que mes sœurs. S'ils avaient pu, ils m'auraient envoyée très loin dans un internat, pour ne plus me voir. Je devais sans doute trop leur rappeler l'échec de l'éducation qu'ils me donnaient.

Puis, n'en pouvant plus, un jour j'ai appelé l'association « Enfance et partage ». Je leur ai tout raconté, et j'ai été placée dans un foyer. Mes parents n'ont eu aucun mot à dire. Je pense qu'ils étaient soulagés de ne plus me voir. J'avais alors l'impression d'avoir atterri dans une jungle. Certains enfants jouaient les caïds et dictaient leurs lois. Au bout de trois mois dans ce nouvel enfer, j'ai été placée dans un nouveau lieu de vie, où les éducateurs ont joué leur rôle à fond. J'ai trouvé dans cet endroit de la sagesse, de l'écoute, du soutien. C'était la première fois de ma vie que des adultes s'intéressaient à moi. Ils m'ont aidée à devenir la personne que je suis maintenant. Mais j'aurais aimé avoir une vie normale.

Proposition d'écriture N° 9 : des dés spéciaux

Consigne :

Pour imaginer votre récit, aidez-vous de la photo ci-dessous, qui représentent des dés un peu particuliers.
Intégrez cette photo dans votre récit, soit comme support de jeu entre des enfants, soit un souvenir d'un jeu de vacances, soit des enfants ou des personnes qui inventent un nouveau jeu.

Mes conseils

Ecrire à partir d'une photo est un autre exercice typique des ateliers d'écriture. Une variante de ce genre de consigne serait d'écrire à partir d'un objet, ou d'un tableau. Cette photo plutôt insolite sert de cadre à votre histoire, mais n'est qu'un élément parmi d'autres.

Pour parvenir à imaginer un cadre à votre histoire, posez-vous ce genre de questions :

- Que voit-on sur l'image ?
- A quoi peuvent servir ces dés ?
- A quoi peuvent servir ces symboles ?
- Ces dés peuvent-ils servir à des enfants ou à des adultes ?
- Est-ce un code à décrypter ?

Ensuite, vous pouvez réfléchir au vocabulaire que vous souhaitez introduire. Notez les mots qui vous viennent à l'esprit ou les images que cela vous évoque. Réfléchissez bien à ce que ce jeu de dés

vous inspire. Vous pourriez tout à fait aussi personnifier chaque élément des dés pour les faire parler. Il est même possible d'écrire un texte engagé, si l'envie vous prend.
A un moment donné de votre histoire, ces dés doivent réapparaître.

Mon texte

J'avais souvent demandé à mes parents de m'emmener au château des énigmes situé dans la ville voisine. Ce fut fait l'été de mes douze ans. De loin, on apercevait la tour qui dépassait les arbres, pourtant de haute taille. Je me posais beaucoup de questions concernant cette bâtisse. Pourquoi mes parents n'avaient jamais souhaité le visiter, alors qu'il ne se situait qu'à quelques kilomètres de chez nous ? Etait-ce un château comme dans les dessins animés de Disney, avec une princesse enfermée en haut de la tour et qui attendait le prince charmant pour être délivrée du sortilège qui la retenait prisonnière ? Qu'est-ce que ça voulait dire un château des énigmes ? Quelles énigmes devait-on résoudre ? Dans mon esprit, ça cogitait dans tous les sens et j'étais surtout excitée de visiter enfin ce château qui me faisait rêver.

A notre arrivée, nous fûmes accueillis par un homme vêtu comme un valet du Moyen-Age. C'était intrigant. Il nous expliqua que pour visiter les différentes parties du château, nous devions résoudre des énigmes, d'où le nom du monument. Mes parents n'étaient pas très fans.

Ce château du Moyen-Age était agrémenté d'un parc de loisirs spacieux, qui offrait aussi un jeu de piste à l'extérieur. Pour avoir lu et relu la page internet, je savais qu'il y avait des souterrains et des cabanes dans les arbres. Chaque famille était censée s'amuser, mais à considérer la tête de mes parents, je me doutais que j'allais devoir m'amuser seule. Les jeux de piste intérieurs et extérieurs pouvaient durer jusqu'à trois heures. Ils n'avaient pas du tout envie de se creuser les méninges pour découvrir les énigmes. Comme j'aperçus une copine de collège, je la rejoignis et proposai à mes parents de se faire plaisir. Ils partirent donc lire dans le parc, à l'ombre.

Le thème de l'année était le Moyen-Age. C'était précisément ce que nous avions étudié en cours d'histoire en 5e. Nous avions follement envie de découvrir les souterrains sous la haute tour pour nous plonger dans les récits que nous avions entendus récemment, nous imaginant prisonnières dans ces pierres. On avait envie de se faire peur. Aussi, sur la porte se présentaient une série de neuf dés avec des symboles, plutôt des dessins, assez déconcertants. Chaque dessin représentait une lettre. On avait juste comme indice la tour représentée sur un des dés : 1335. On se doutait plus ou moins que c'était la date de construction du château. Chaque dé suivant nous donnait un code qu'on devait taper sur un boîtier à l'entrée du souterrain. On avait l'impression de nous trouver dans une énigme de Fort Boyard. Il nous manquait juste le Père Fouras !

Le symbole de la tortue était plus difficile à décrypter. C'était en fait le nom déformé de l'écuyer propriétaire du manoir, Guillaume de la Forêt Tordue. En lisant les différents indices, nous comprîmes le symbole de la canne : cette personne boîtait, à la suite d'un accident lors d'une des batailles de la Guerre de Cent-Ans. La fontaine et le poisson étaient présents dans les jardins. Le dé composé de l'arche correspondait à l'entrée du château avec sa voute typique de l'époque. Le dé avec un visage qui dormait nous signifiait que bon nombre de prisonniers avaient péri dans ces souterrains, ce qui nous fit frissonner. La baguette magique nous indiquait la légende des lieux : une fée aurait fait périr mystérieusement ledit écuyer qui se serait alors transformé en tortue, d'où le symbole sur un des dés.

Une fois le code trouvé, il nous fut facile de pénétrer dans cet antre sombre et très mystérieux. Ce fut ainsi pour chaque pièce à visiter. Les énigmes étaient différentes et amusantes. Je passai un après-midi incroyable, sans entendre mes parents se plaindre que ces jeux étaient assommants.

Proposition d'écriture N° 10 : célébrer le printemps

Consigne :

Le printemps est une saison que nous aimons. Aussi, vous allez écrire une ode au printemps, pour l'accueillir en beauté et dignement.

Vous pouvez écrire sur la forme que vous voulez, composer un poème, une chanson ou un haïku, inventer une histoire qui se déroule au printemps, écrire autour de cette saison : vous avez le champ libre !

Mes conseils

Cette proposition d'écriture est un classique des ateliers d'écriture. Le printemps est une saison que nous aimons toutes et tous, qui nous fait sortir de la saison hivernale. Le soleil nous réchauffe et nous embaume le cœur.

Le but de cette proposition est d'écrire autour du printemps, de le célébrer dans ses nuances, ses subtilités et ses puissances. Les températures se font plus douces, la nature s'éveille à tour de bras et nous invite à la contemplation. Le début du printemps symbolise aussi le renouveau, la vie qui reprend.

Le choix du support est vaste, car j'aime laisser libre cours aux écrivants de se laisser happer par leur créativité. Commencez par noter les idées qui vous viennent autour de la thématique du printemps. Le but est bien de mettre en scène la saison, de lui donner corps, de la sublimer.

Vous pouvez évoquer des souvenirs du passé, à un moment donné où le printemps a eu une importance quelconque pour vous. Vous pouvez évoquer le moment présent ou imaginer le printemps au futur. Tout est possible !

Vous pouvez aussi imaginer comment est le printemps dans différents endroits du monde ou décrire votre lieu de vie en cette saison.

Si vous choisissez la forme du poème, il peut être composé en vers classiques, en vers libres ou même en prose. Là encore, il n'y a aucune limite à votre envie et fantaisie. Vous pouvez aussi vous rajouter une contrainte en vous obligeant à insérer les mots de votre choix.

Vous pouvez aussi choisir une image ou une photo de vos vacances où le printemps est présent. Cela peut être une solution pour déclencher l'écriture. Vous pouvez vous immerger dans la nature en la visualisant. En écrivant, soyez sensible aux émotions que vous ressentez et qui traversent votre esprit.

Mon texte

Cher Printemps

Viens mon printemps, je t'attends depuis de longs mois.
Tu renais et moi avec toi.
Je te rejoins mon cher printemps,
Toi qui fais embaumer la terre,
Toi qui vas fleurir dans mon jardin en dansant
Toi qui dis au revoir à l'hiver.

Les soirées tristes et solitaires
Ne sont plus qu'un feu de paille
Tu oses affirmer ton caractère
Mon jardin se transforme en Versailles
Tout reprend couleur
Avec toutes ces fleurs.

Je suis si riche de tout ça
Je suis si riche de toi
Loin de la ville et de son brouhaha
Oh printemps je suis si bien dans tes bras
Je renais à la vie

Bien tapie dans ton lit.

Les herbes deviennent folles
La nature est tout sauf monotone
Tout sonne, sonne, sonne
Inutile est la parole
Tu embaumes l'air de ton parfum délicat
Et je veux rester dans tes bras.

Proposition d'écriture N° 11 : la plage des Sables d'Olonne

> **Consigne :**
>
> **Vous allez écrire à partir d'un gros titre d'un journal local, *« plage des Sables d'Olonne fermée dans l'après-midi »*. Voici la réaction d'une estivante après avoir lu cet article : *« Je ne peux pas finir mon bronzage »*, avait-elle signifié au journaliste qui l'interrogeait.**

> **Vous inventez une histoire en gardant le lieu et la situation proposée. Vous imaginez le reste.**

Mes conseils

La consigne est assez large pour imaginer toutes sortes de situations. C'est un gros titre d'un journal que j'ai vraiment lu. Pour une fois, je n'ai rien inventé. Le personnage doit donc se trouver en Vendée aux sables d'Olonne, station balnéaire réputée. Et le personnage de la femme doit réagir, à un moment donné ; elle est déçue car elle avait prévu de passer son après-midi sur le sable. Ses projets ont capoté.

Vous pouvez imaginer ce qu'il se passe pour que les autorités de la ville ferment l'accès à la plage. Ou vous pouvez vous concentrer sur le personnage de la femme qui découvre sa déconvenue et se lamente. Son but est de finir ses vacances toute bronzée, peut-être pour épater ses collègues de travail. Vous pouvez aussi écrire cet article de journal et vous transformer en journaliste local. Imaginez quel obstacle oblige à fermer la plage, météo trop venteuse, des algues qui prolifèrent, des touristes négligents qui ont souillé la plage, nécessitant un nettoyage conséquent, une eau de baignade qui dépasse le qualité sanitaire autorisée. A vous de voir !

L'angle d'action pour imaginer une histoire est assez large en fait. Une fois cet angle choisi, vous ne pourrez plus dévier.

Mon texte

Plage des Sables d'Olonne

Par une belle journée d'automne, le soleil était annoncé partout. Avant les tristes jours qui avaient précédé l'hiver, les longues soirées, le froid, la pluie glaçante, chacun voulait profiter de ce weekend à partir du vendredi après-midi, jusqu'au dimanche fin de matinée.

Gilles et Anna avaient loué un mobile-home en Vendée. Ils avaient parcouru les trois cent cinquante kilomètres pour être le plus proche possible de la plage et profiter de la douceur qui réchauffait la côte, eux qui passaient leur vie dans une grande ville.

Le voyage terminé, aussitôt, ils vidèrent la voiture et s'installèrent sur la terrasse en sirotant une boisson bien fraîche et bien méritée.

Gilles se pavanait en discutant avec ses proches voisins, Anna, elle, fila sur la plage à trois cents mètres de là.

Elle étala sa serviette, tout en se sentant vraiment privilégiée d'être là, tout en écoutant le roulis des vagues. Elle dégustait chaque seconde qui passait, sentait le soleil chaud qui lui caressait la peau. Anna voulait que cet instant ne s'arrête jamais. Au bout de quarante minutes, la fraîcheur de cette fin d'après-midi la rappela à l'ordre. L'obscurité avait fini par saisir toute la surface de la plage, et avait englouti la mer dans un soleil couchant pourpre de toute beauté pour les yeux.

Elle rentra au camping ravie, radieuse, se fit câline auprès de son chéri qui lui servit un apéritif sans qu'elle bouge de son transat. La soirée se passa, et elle se disait tout bas « vivement demain » pour revenir avec un bronzage à faire pâlir d'envie ses collègues qui étaient restées coincées avec en ville avec leur famille. « Elles doivent m'envier », pensa-t-elle.

Le lendemain matin, elle s'accorda un peu de lèche vitrine, fit un tour au marché qui attirait toujours les badauds. Son mari et elle déjeunèrent dans un restaurant face à la mer. Après une petite sieste, elle retourna sur la plage.
Pour cette fois, Gilles l'accompagnait, même si rester inactif pendant des heures n'était pas sa tasse de thé. Au bout d'une heure, les surveillants de la plage annoncèrent dans leur micro que la plage serait fermée dans un quart d'heure pour le

reste de l'après-midi, sans plus de précisions.

Gilles ne comptait pas en rester là et s'enquit de la cause qui avait présidé à cette décision. Il s'avéra que des dauphins étaient en perdition et les autorités craignaient qu'ils ne viennent s'échouer sur la plage.

Bien sûr les médias locales diffusèrent à tout va cette information. Aussitôt les journalistes du coin, à l'affût de la moindre information, étaient déjà sur place. De mauvaise grâce, Anna replia sa serviette et rangea tout son matériel. Avec Gilles, ils s'apprêtaient à rentrer en maudissant les dauphins qui avaient choisi ce jour-là, comme par hasard.

Un micro sous le nez, Anna s'entendit répondre « Je ne peux pas finir mon bronzage, tout ça pour des dauphins hypothétiques !». Le journaliste prit un air déploré et lui dit que c'était quand même important de sauver ces dauphins, sinon ils risquaient une mort certaine. Anna ne décolérait pas. Gilles, lui, sourit sournoisement, puisqu'il était délivré de cette corvée de plage. Le mobile-home n'avait plus l'air aussi accueillant que la veille. Gilles lui proposa alors une balade qu'elle refusa tout net. Rien ne lui convenait. Elle déclina toutes les autres propositions de son mari pour terminer l'après-midi.

Las, il regarda le sport à la télévision et Anna prit un livre sur lequel il lui était difficile de se concentrer, tant elle était contrariée.

Soudain, Gilles proposa à sa femme d'aller au bowling.

Elle fit contre mauvaise fortune bon cœur, et ils se réfugièrent dans un univers bruyant, conformément à leurs habitudes citadines. Ils durent attendre quarante minutes avant qu'une piste leur soit réservée. Ils commandèrent un rafraîchissement en attendant de pouvoir renverser les quilles.

Le sourire revenu sur les lèvres d'Anna disparut quand Gilles la battit à plates coutures. Elle se vexa de sa piètre performance, et se remit à bouder.

Décidément, elle n'aurait pas dû partir en weekend.

Qu'allait-elle inventer lundi devant ses collègues ? Elle allait devoir encore s'arranger avec la vérité. Elle n'était pas aussi bronzée que prévu. Mais elle ferait taire les mauvaises langues, comme à son habitude. Cependant, Anna ignorait que les journaux nationaux s'étaient emparés de l'information

Proposition d'écriture N° 12 : l'Euromillions

Consigne :

Le personnage de l'histoire vient de gagner une forte somme d'argent à l'Euromillions, soit plusieurs millions. Vous racontez ce qu'il compte faire avec tout cet argent.

> **Garde-t-il/elle tout pour lui ou pour elle ? Flambe-t-il/elle tout l'argent ? Aide-t-il/elle des associations au contraire ? Change-t-il/elle de vie ? Continue-t-il/elle à vivre comme si de rien n'était ? Se prend-il/elle pour une star en adoptant le style de vie des millionnaires ?**

Mes conseils

Nous rêvons toutes et tous de gagner de fortes sommes aux jeux, qui nous dégagent des obligations professionnelles, tout en nous assurant une vie confortable. A ce propos, je me rappelle le roman de Grégoire Delacourt « La liste de mes envies », qui a été adapté au cinéma. Le personnage principal cache le chèque gagnant dans une chaussure et n'ose pas révéler à son mari qu'elle a gagné, de peur de changer de vie. Elle se plaisait sans sa vie et elle se doutait que l'argent viendrait tout bouleverser, ce qui ne manqua pas d'arriver.

Bien sûr, c'est à vous de choisir un angle d'attaque pour inventer votre histoire. Il est évident qu'une telle situation change à jamais le quotidien d'une personne. Certains réaliseront leurs rêves, d'autres iront en enfer et auront tout dépensé en quelques années.

Il arrive souvent que des gagnants perdent leurs repères, s'adonnent à des addictions plus ou moins sévères, souffrent de solitude, par exemple. Cela peut sembler paradoxal, en effet, mais votre personnage devra, à un moment donné de sa réflexion, aboutir à des doutes.

Au départ, votre personnage devra surmonter le choc de la nouvelle, ce choc émotionnel si intense, qui peut provoquer la sidération. Il pourra avoir peur d'assumer une telle richesse et rester dans une forme de déni. A la longue, ce comportement peut provoquer un problème d'identité, un renversement des valeurs. Le personnage n'a pas les codes des riches et il se voit propulsé dans un monde qui n'est pas le sien, comme dans le premier volet du film « Les Tuche ».

Comment l'entourage de votre personnage va réagir à une telle situation ? Nous savons tous que l'argent vient souvent bouleverser les équilibres émotionnels, parfois fragiles dans le contexte familial. Entre l'envie et la jalousie, que choisir ? La richesse peut devenir une prison dorée, même si on conduit une Ferrari.

Votre personnage va devoir se demander s'il va garder sa vie d'avant ou s'il va changer de vie. L'argent ouvre des portes et des possibilités. Va-t-il dérailler ou rester raisonnable ?

Mon texte

Finie la galère !

Toute sa vie, Valérie avait galéré, étant considérée comme une fille d'ouvriers. Elle n'avait jamais accepté la situation injuste d'être née dans un milieu aussi démuni. Toute petite, elle avait donc décidé de se battre. Elle n'aurait jamais pu imaginer ce qu'était devenue sa vie.

Un jour, elle eut un déclic. *« Et si je jouais au loto pour m'assurer une vie encore plus douce ? »*.

Valérie commença alors à jouer sans trop y croire. Pendant trente ans, elle joua les mêmes numéros. Elle avait bien gagné quelques broutilles, pas vraiment pas de quoi faire le tour du monde non plus.

Lasse, elle avait arrêté de jouer pendant plusieurs mois. Puis, une petite voix insistante lui avait dit *« et si aujourd'hui tes numéros sortent ? »*. Elle refusait de céder à ce chantage psychologique. Elle ne supportait plus d'être accroc devant son poste à attendre la sortie des numéros. Chaque semaine, elle exigeait un silence total, l'adrénaline montait, et le fiasco prenait sa place. A chaque fois, elle s'en voulait de n'avoir pas su résister.

Elle se vantait autour d'elle d'avoir gagné sur sa mise, du temps où elle jouait. Vingt euros par semaine pendant trente ans, si elle comptait bien, cela faisait un bon petit pactole pour la Française des jeux, et pour Valérie, rien, car elle restait comme une andouille avec son bulletin en mains qu'elle regardait, encore et encore, au cas où elle aurait mal vu.

Elle partit faire des courses, car il lui fallait absolument des timbres. Valérie entra chez le buraliste et acheta ce dont elle avait besoin. A ses côtés, un homme grattait des petites cartes. Elle n'en croyait pas ses yeux, il avait gagné quatre-vingts euros. L'envie, la pulsion furent les plus fortes et elle s'entendit prendre des tickets. Elle avait honte de révéler la somme. Elle ne pensait plus, ou elle faisait semblant de ne plus y penser. La vie reprit son cours, Valérie vaqua à ses occupations.

Des amis arrivèrent à l'improviste, et elle rata la diffusion des résultats de l'Euromillions. Le lendemain matin, dès six heures, elle entendit à la radio que le gros lot avait été gagné pour un habitant du Sud-Ouest. Elle prit son petit déjeuner comme d'habitude, fis sa vaisselle, puis chercha son ticket. Elle chercha, chercha, pas de ticket, en tout cas pas à sa place. Elle réfléchit en se remémorant où elle avait bien pu le ranger. Au bout d'une heure, une lueur se fit dans son cerveau. Elle repensa qu'elle avait changé de sac entre temps. Elle fouilla dans toutes les poches, et elle le retrouva quelque peu froissé. Elle avait complètement oublié ce détail.

Les mains tremblantes, elle regarda un à un les numéros et elle les compara avec ceux du tirage. Elle faillit s'évanouir, elle avait coché les numéros gagnants. Elle venait de gagner le gros lot.

Qu'allait-elle faire de tout cet argent ? Elle décida de ne parler à personne et mit son portable sous silence. Elle avait besoin de réfléchir à la situation, seule. Les relations avec son mari étant tendues, elle ne lui dirait rien non plus. Il était hors de question qu'il lui réclame la moitié de la somme sous prétexte qu'ils vivaient sous le même toit et qu'ils n'avaient souscrit aucun contrat de mariage.

D'abord divorcer. Cela étant, elle verrait. Elle allait aider ses proches, c'était une évidence, permettre à ses enfants de poursuivre les études de leur choix, s'acheter des biens immobiliers afin de les louer, partir en vacances, ça c'était certain et vivre la dolce vita, comme on disait. Son mari lui avait trouvé un air bizarre le soir. Valérie avait tenu bon. Elle tiendrait sa langue. Elle exultait en son for intérieur. Elle allait pouvoir vivre la vie de ses héroïnes de romans. Mais, ça, c'était une autre histoire.

Proposition d'écriture N° 13 : le handicap

Consigne :

Vous allez vous inspirer d'une personne qui souffre d'un handicap, moteur ou intellectuel.
A vous d'imaginer la cause de ce handicap, et comment il/elle s'en est sorti pour dépasser ce handicap et vivre la vie de ses rêves.
Vous éviterez, dans la mesure du possible, d'évoquer un personnage qui

> se morfond sur son sort et qui en veut à la terre entière.

Mes conseils

Il ne manque pas d'exemples dans les artistes, hommes ou femmes, qui souffrent d'un handicap et qui réussissent leur vie à tous points de vue. Il s'agit, dans cette proposition d'écriture, d'écrire une histoire qui parle de résilience, notion mise en avant par le neurologue Boris Cyrulnik.
Les handicapés possèdent une force insoupçonnée qu'ils transforment en force de vie. Il va vous falloir expliquer la cause du handicap, de naissance ou par accident et retracer le parcours du combattant pour que le personnage s'en sorte.
Il est hors de question de transformer le handicap en super-pouvoir, car ce n'est pas le but de la consigne. Le handicap n'est pas le centre de l'histoire. Le personnage l'est. Le handicap est un des éléments de l'intrigue.

En effet, un personnage handicapé est un protagoniste comme un autre. Le handicap n'est qu'un prétexte à raconter une histoire, un support. Vous pourriez tout aussi bien raconter l'histoire d'une personne réelle ou écrire un texte comme s'il s'agissait d'une autobiographie.

Un personnage handicapé n'est pas incompétent. Attention de ne pas non plus tomber dans les clichés ou les descriptions mièvres. Une personne handicapée n'a pas forcément un sixième sens ou un de ses sens plus développé que les autres. Certes, beaucoup de gens y croient, mais ce n'est pas la réalité pour toutes les personnes handicapées.

Les personnages handicapées ne sont pas des personnes mystiques et leurs préoccupations sont les mêmes que les personnes valides.

Mon texte

Après le handicap

Mon ami d'enfance se prénomme Fabien. Nous étions tous les deux passionnés de sport, de tous les sports. Il nous était impossible de trouver notre voie en dehors du sport. Nous avions tout testé avant de vraiment orienter notre choix vers celui qui nous apportait le plus d'adrénaline, mais aussi celui dans lequel nous étions les meilleurs.

Nous avions la gagne en nous. Les défaites, nous les prenions comme des réussites, puisque nous savions que nous ferions mieux la prochaine fois. Nos parents nous conduisaient partout où nous devions nous rendre pour nos compétitions du weekend. Aujourd'hui encore, je les remercie du fond du cœur, car maintenant je suis papa, et je comprends l'investissement physique, mental et financier par lesquels ils sont passés. Une semaine, mes parents nous conduisaient, l'autre semaine c'étaient ceux de mon ami Fabien.

A peine rentrés de l'école, j'avais rendez-vous presque chaque fin d'après-midi avec lui pour taper du ballon. Une fois par semaine, c'était le basket, ou la natation, ou le handball, sans oublier le tennis. Nous étions tellement pris par le sport, que nos notes au collège et au lycée laissaient à désirer.

Bien sûr, nos parents respectifs y allaient de leurs sermons, de l'utilité de bien travailler à l'école, pour avoir un métier, un VRAI métier. Après leurs paroles que nous respections, nous devenions plus assidus scolairement parlant, mais le sport était notre raison de vivre, et nous voulions en faire notre métier en intégrant les filières sports-études.

Bizarrement, moi, j'ai intégré une équipe de basket, avec mes presque 1m98, je ne comptais plus mes paniers. J'étais devenu une idole dans le club, et j'avoue que les regards des filles ne me laissaient pas indifférents. Mon ami, mon frère de cœur, lui, a choisi la natation. Il faisait de bons chronomètres, et lui aussi était devenu l'idole des bassins.

C'était un colosse de 1m96 et ses muscles en imposaient à tous ; il n'était jamais fatigué. A défaut de devenir champion dans cette discipline sportive, sa vocation était de devenir professeur de sports. Il souhaitait donner ce qu'il avait reçu aux

enfants des cités en région parisienne, cité dans laquelle nous vivions tous les deux. Chacun faisait son bout de chemin avec des hauts et bas, mais nous nous accrochions avec un optimisme certain. Quand l'un perdait espoir, l'autre le réconfortait. Nous étions toujours l'un pour l'autre, amis pour la vie.
Nous étions à vingt ans des jeunes hommes typiques et banals, avec la fougue de la jeunesse, avec des défis à relever. « Tu n'es pas cap de faire ceci ou cela ». C'était une phrase que nous nous lancions pour relever tout défi qui se présentait à nous. Sitôt le défi était lancé, sitôt le défi était assuré. Nous étions certains de notre valeur sportive et de nos capacités. Un peu trop même car nous n'évaluions jamais le danger.
Ce jour-là, Fabien me donna rendez-vous à la piscine olympique de la grande ville à côté. Il désirait me montrer ses progrès. Nous étions fin prêts à sauter dans le bassin. On relevait un nouveau défi, à savoir de plonger. Comme c'était sa spécialité, Fabien plongea le premier. Il réalisa un saut magnifique du haut des cinq mètres du plongeoir. Je l'admirais en

pensant qu'il était vraiment doué et qu'il pourrait participer à des compétitions à un niveau plus élevé.

Mais, quelque chose clochait. Fabien ne remontait pas. Aussitôt, les maîtres-nageurs vinrent à son secours pour le sortir de l'eau. La situation était plus grave que prévue. On nous intima l'ordre de quitter le bassin, les secours arrivèrent dans un tintamarre de pimpons. Après les premiers soins, mon Fabien partit sur une civière. Je n'ai même pas réussi à lui parler puisqu'il se trouvait dans un état comateux. Quelques jours plus tard, j'appris que Fabien était paraplégique. En sautant dans la piscine, il avait entendu un grand « crac », il se savait touché à la colonne vertébrale. En fait, il n'y avait pas assez d'eau dans le bassin et vu sa taille et la hauteur de laquelle il s'était élancé, le choc avait été inévitable. Cela aurait pu être moi si j'avais sauté le premier. Le hasard de notre défi en avait décidé autrement.

Il subit plusieurs opérations, mais les diagnostics des médecins étaient on ne peut plus clairs : il ne remarcherait jamais. C'était mal connaître mon ami Fabien et sa grand capacité de résistance. Il traversa une

profonde dépression, mais peu à peu il retrouva la volonté de vivre une vie quasi normale, malgré son handicap.
Il se promit de remarcher un jour, seul. Il refusait la vie qu'on lui faisait miroiter avec le fauteuil roulant dans lequel il était pour l'instant cloué.
Après une rééducation de longue haleine où il s'exerçait plus que nécessaire, il progressa. Après maintes souffrances et d'essais infructueux, il s'est remis à marcher. Aujourd'hui, il marche avec une canne, il a transformé ce stupide accident en résilience. Un soir, par un heureux concours de circonstance, il s'est retrouvé dans un café-concert. Il a écouté quelqu'un déclamer du slam, ce qui a changé sa vie.
Mon ami, vous le connaissez, il s'appelle Fabien Marsaud, dit Grand Corps Malade. C'est un géant du slam que j'adore. Il écrit des textes de chansons pour les autres. Il a écrit et réalisé un film très émouvant « Patients » qui raconte toute sa vie pendant ses longs mois de rééducation dans un centre.
Fabien est un exemple pour tous.

Proposition d'écriture N° 14 : des verbes surannés

Consigne :

La langue française est d'une richesse incroyable. De nombreux verbes anciens et méconnus de nos jours sommeillent dans notre belle langue. Voici 6 verbes que j'ai exhumés.

-*renarder*
-*avocasser*
-*gasconner*
-*aveindre*
-*surseoir*
-*messoir*

A vous d'utiliser 3 de ces verbes dans votre histoire, dans l'ordre de votre choix, au temps et à la forme de votre choix.
Vous pouvez aussi, si le cœur vous en dit, utiliser tous les verbes cités.

Mes conseils

La première chose à faire, bien évidemment, est de chercher la définition de chaque verbe, aux sens propre et figuré.

-**Renarder** : c'est l'idée de se comporter comme un renard, en employant des ruses, comme le renard dans la fable de Jean de La Fontaine, « Le corbeau et le renard ». Avec le sens de ce verbe, il est évident que le personnage ne pourra pas montrer de la franchise et qu'il utilisera tous les moyens à sa disposition pour parvenir à ses fins. Dans un contexte moins poétique et plus familier, c'est vomir.

-**Avocasser** : ce verbe a deux sens. Dans son sens familier, c'est exercer la profession d'avocat, sans talent ni dignité, dû à la fonction. Dans son sens figuré, un personnage qui avocasse utilise volontiers des arguments captieux et sans valeur, persuadé qu'il peut avoir raison.

-**Gasconner** : avec ce verbe, on pense tout de suite au personnage de d'Artagnan, d'origine gasconne, créé par Alexandre Dumas dans son célèbre roman « Les trois mousquetaires ». On sait que les Gascons avaient le verbe haut. On retrouve un mot de la même famille dans l'expression suivante : « dire des gasconnades ». C'est-à-dire que le personnage tient des propos fanfarons et qu'on a du mal à le prendre au sérieux. En un mot, il se vante.

-**Aveindre** : c'est un verbe à l'usage vieilli et familier. C'est le fait de tirer un objet de la place où il est rangé. Cela peut être aussi atteindre quelque chose avec effort.

-**Surseoir** : ce verbe est plus connu, notamment dans un contexte juridique. Il reste néanmoins un verbe littéraire. C'est suspendre momentanément une affaire, ou interrompre une procédure pénale. Cela peut être aussi remettre quelque chose à plus tard, donc de différer quelque chose. On peut aussi surseoir à une demande.

-**Messoir** : c'est un verbe littéraire, employé en général dans un sens négatif. Messoir, c'est ne pas convenir. On peut messoir à toutes les règles de bonnes conduites, par exemple. C'est ce qu'un adolescent peut faire s'il décide de sortir sans l'autorisation de ses parents.

La deuxième chose à faire est de choisir le sens que l'on veut utiliser dans son histoire. Je conseille aussi d'avoir un Bescherelle pour la conjugaison ou de vérifier les terminaisons pour chaque temps, car ce sont des verbes qu'on n'utilise pas ou peu de nos jours.
Cette proposition d'écriture suppose un travail préparatoire indispensable avant l'écriture. Vous devrez bien réfléchir en amont aux différentes étapes de votre intrigue avant de la coucher sur le papier.
Il n'est pas utile de se sentir obligé d'adopter un style littéraire, parce que les verbes proposés sont littéraires. Ils ne le sont pas tous en fait. Gardez votre style habituel d'écriture, ce sera plus efficace et ce n'est pas le but recherché.

Mon texte

Je m'en vais vous conter la singulière histoire d'un personnage haut en couleurs. Il est né en Gascogne et dans sa famille, on ne pouvait parler sans gasconner. On avait le verbe haut en ce temps-là et on n'hésitait pas à avocasser, en criant, pour paraître le plus fort dans les joutes verbales, surtout quand on avait quelque peu abusé de l'Armagnac.

Le pays de notre cadet a vu naître et grandir Henri de Navarre, futur roi de France, Henri IV. Notre héros, comme bon nombre de ses condisciples, se montrait volontiers impétueux et ambitieux, ayant hérité du caractère de cochon de son oncle paternel. N'étant pas l'aîné de la fratrie, il ne pouvait prétendre hériter des domaines de son père. Il devait renarder pour réussir dans la vie.

Il n'avait qu'une idée en tête depuis son plus jeune âge, monter à Paris et se mettre au service du Roi en devenant mousquetaire, surtout pour échapper à la misère qui le guettait. Si on avait des titres de petite noblesse dans la famille depuis des générations, ils ne rapportaient pas suffisamment pour faire vivre dignement la famille.

Notre personnage se débrouillait fort bien en escrime et devint, au fil du temps, un bretteur hors pair. Nul n'osait plus se frotter à lui, mais aucun n'osait surseoir à ses demandes de combat. Vivre enfermé ne messeyait pas à ce jeune fougueux. Il ne pouvait vivre qu'au grand air, que de chevauchées à travers la campagne en amourettes sans lendemain, quand il fut en âge de conter fleurette aux belles jeunes filles innocentes, qui se laissaient facilement prendre par sa verve naturelle.

Au fil de péripéties bien mouvementées, il réussit à aveindre son objectif, rejoindre la capitale et se mettre au service du roi. Il intégra la compagnie des Mousquetaires du Roi et obtint le grade de capitaine-lieutenant de sa compagnie.

Vous aurez, sans aucun doute, reconnu Charles Batz de Castelmore, dit d'Artagnan, du nom une terre appartenant à la famille de sa mère.

Proposition d'écriture N° 15 : imaginer son avatar

Consigne :

Les hologrammes et les avatars sont devenus à la mode à tous niveaux. Imaginez quel serait votre double.
Que feriez-vous avec ce double ? Serait-il encombrant ou sympathique ? Seriez-vous capable de lui laisser de la place ?

Mes conseils

Avec ce genre de consigne, on pense tout de suite au double de Dorian Gray du célèbre roman écrit par Oscar Wilde. Il ne faut pas se laisser distancer par la difficulté de la proposition d'écriture. Au contraire. Plus elle présente de difficultés, plus elle titille la créativité.

La consigne peut dérouter, c'est un fait. Il est bon, de temps à autre, en écriture comme dans tout autre activité, de sortir de sa zone de confort, car cela nous pousse à créer en dehors de nos rouages habituels. Pour progresser, il faut se confronter à des consignes qui peuvent paraître étranges de prime abord.

Vous aurez remarqué que les hommes politiques ne s'embarrassent pas de doutes et utilisent des hologrammes de leur personne pour être présent à plusieurs endroits en même temps lors de leurs meetings politiques. Des concepteurs d'émissions et de concerts n'hésitent plus non plus à utiliser ce subterfuge pour faire revivre des stars disparues. C'est bluffant, certes, mais ennuyeux, car cela fait juste illusion et ne crée pas vraiment de magie. Il existe même, dans certains pays, des personnes hologrammes qui vous accueillent à l'entrée de magasins ou de tout autres lieux.

Pour réussir la consigne, il est bon de définir exactement ce qu'est un hologramme ou un avatar. Les amateurs de jeux vidéo savent ce qu'est un avatar. Réfléchissez dans quel contexte vous placerez votre avatar, car vous devrez lui faire face. Pensez à décrire vos sentiments face à ce double, qui pourrait s'avérer encombrant si vous le souhaitez.

<u>Mon texte</u>

Aaron faisait partie des cobayes d'Elon Musk, à qui on avait implanté une puce dans le cerveau. Il était volontaire, tétraplégique et peu lui importait les conséquences pourvu qu'il remarche et qu'il puisse vivre sa vie comme avant. Il se sentait un autre homme, un homme nouveau, dont le nom resterait dans l'Histoire, au même titre que Dolly, la première brebis clonée.

A la suite d'un grâce accident d'avion, Aaron était resté cloué dans son lit, ne pouvant décider d'aucun geste par lui-même. Il dépendait de tous pour sa survie, pour le quotidien. Sa femme l'avait quitté, refusant de partager la vie d'un légume humain. Il n'avait pas d'enfant et ne pourrait jamais plus en avoir. Sa vie, il ne pouvait la vivre que dans son esprit.

Les avancées de la technologie lui permettaient de regarder un écran au plafond, son ordinateur obéissait à sa voix, seul organe de son corps qu'il possédait en force. Il pouvait communiquer avec sa famille. Il restait ainsi indépendant, mais toute ses journées s'organisaient autour des visites des infirmières, des aides-soignantes, des médecins, des kinésithérapeutes, des femmes de ménage et de la personne de confiance qu'il avait recrutée pour ses courriers, la cuisine et le choix de ses vêtements. Il ne pouvait rien faire tout seul, à la manière de Stephen Hawking.

Aussi, comme le célèbre milliardaire, Elon Musk, avait lancé une publicité pour recruter des volontaires pour son expérience d'implantation de puce dans le cerveau, il n'avait pas hésité une seule seconde. Il aurait donné le reste de sa vie pour vivre une seule journée en tant que valide, en pleine forme et vaquant à ses occupations comme tout un chacun. Il avait l'intention de décrocher la lune promise par l'implant. C'était son défi et personne n'avait pu l'en dissuader, malgré les risques. Il estimait, compte tenu de sa situation, que l'expérience en valait la peine, ne serait-ce que pour une journée.

Le produit avait un nom : Telepathy. Grâce à cette puce implantée dans son cerveau, Aaron pouvait contrôler son téléphone ou son ordinateur sans demander l'aide de quiconque, ou même mettre en marche n'importe quel appareil, uniquement par la pensée. On pourrait penser que c'était magique ; loin de là ! Le volontaire avait subi une intervention chirurgicale lourde. Sa puce était reliée à une batterie qui pouvait être rechargé à distance.

Une fois remis de l'opération, Aaron commença sa nouvelle vie. Ses pensées allaient à mille à l'heure. Il s'était inventé un avatar, qui paraissait aussi réel que lui dans son ancienne vie. Il s'était choisi un prénom passe-partout, William, un physique de mannequin et il déambulait là où il désirait. Son plus grand rêve était de se mettre debout, de plaire de nouveau aux femmes et de sentir son sexe durcir. Il se sentait vibrer, retrouvant sa virilité. Il avait hâte de se retrouver dans le lit avec une femme pour faire l'amour. Il en avait oublié les sensations, ne jouissant que dans ses souvenirs. Il vivait ainsi dans le monde réel tout en étant virtuel. Pourtant, il ressentait tout ce que les personnes valides ressentaient.

Elon Musk était devenu un dieu vivant pour Aaron. Les télévisions du monde entier étaient venues l'interroger sur sa nouvelle vie, sur ses sensations avec l'implant. Il était devenu une star planétaire. Cela lui avait permis de gagner beaucoup d'argent. En retour, il avait séduit autant de femmes qu'il avait souhaité, s'invitait dans toutes les soirées du gotha, vivait une vie de rêve dans des lieux paradisiaques, tout en restant chez lui. Mais, de temps à autre, l'avatar d'Aaron devait être rechargé. Il restait alors cloué sur son lit à attendre. Il priait pour qu'il n'y ait aucune panne d'électricité, car son avatar ne pouvait pas jouer son rôle. Tous ses fantasmes devenaient possibles grâce à la technologie !

Proposition d'écriture N° 16 : une bonne action

Consigne :

A vous de raconter une bonne action que vous avez réalisée dans votre vie, ou dans celle d'un personnage.

Mes conseils

La proposition d'écriture est suffisamment vaste pour trouver une idée. Une bonne

action, cela peut être d'adopter des animaux à la SPA, ou de financer la scolarité d'enfants défavorisés, aider des personnes âgées, accompagner des personnes handicapées à Lourdes, donner de son temps en tant que bénévole, etc.
Les sources d'inspiration sont vastes.
La bonne action fait partir de nous toutes et tous, il me semble. Une bonne action, cela peut être de simples actions que l'on met en place dans son quotidien, pour protéger la planète, économiser l'eau, trier ses déchets, cesser de s'acheter sans cesse de nouveaux vêtements, vivre simplement, aider ses enfants ou ses parents âgés.
Quant à moi, ma bonne action, depuis la création de mon blog, est de vous offrir du contenu gratuit chaque semaine et de vous permettre de participer gratuitement à l'atelier d'écriture.
La bonne action, c'est une philosophie de vie, n'est-ce-pas ? Le don de soi ne devrait pas être à la mode. Donc, vous pouvez raconter vos bonnes actions, en inventer, peu importe, le lecteur ne se rendra compte de rien, ou écrire un texte plus philosophique sur le bien-fondé des bonnes actions ou écrire sur les bonnes actions de

personnes, telles que l'abbé Pierre, sœur Emmanuelle, Gandhi, etc.

Mon texte

Baden-Powell ne devait sûrement pas s'imaginer que son action, créée en 1881, allait perdurer au XXIe siècle. Il a mis en place le mouvement des Scouts, avec des règles bien précises, notamment celles de la générosité, de l'entraide entre autres.
Baden-Powell était un soldat britannique qui a réussi à mobiliser des jeunes désœuvrés pour leur confier des missions d'éclaireurs pendant la guerre du Transvaal en Afrique du Sud. A l'issue de cette guerre, ces garçons sont revenus lui demander des conseils de vie. Il leur a alors répondu de toujours chercher à faire une bonne action quotidienne.
Baden-Powell a alors eu l'intuition que le don de soi était source de bonheur. Le service est d'ailleurs un des cinq principes des camps scouts. Il a toujours cherché à

rendre les autres heureux, avec la devise suivante : « la meilleure manière d'atteindre le bonheur est de le répandre autour de vous ».

La bonne action quotidienne est un entraînement à vivre la loi scoute, une petite chose qui, à force de répétitions, entraîne à de grandes actions. Mais surtout, la bonne action est aussi une manière de se contraindre à la bienveillance, et donc d'être toujours ouvert aux autres. Elle nous incite à voir les qualités des personnes, et à prendre soin d'autrui : c'est une ouverture à la gratitude.

Normalement, la bonne action est un acte altruiste, sans récompense. Elle ne consiste pas à bien faire notre devoir, car cela devrait être le travail normal de chaque être humain. C'est quelque chose en plus.

La bonne action devrait nous suivre tout au long de notre vie. C'est par exemple, cet étudiant qui propose à son voisin de lui tailler sa haie. C'est ce chef d'entreprise qui arrive plus tôt chaque matin pour servir un café à ses employés ; ou encore cette jeune femme qui offre sa place à une personne âgée dans un bus.

La bonne action s'inscrit dans une véritable philosophie de vie. Alors comment peut-on l'oublier et ne pas participer à ce mouvement ?

Proposition d'écriture N° 17 : les chiens au pouvoir

Consigne :

La proposition d'écriture se décline en 2 possibilités :

1)Vous faites parler votre chien/chienne, que vous tenez toujours en laisse en promenade, ou qui est attaché à une longue chaîne à longueur de journée, sans une seule minute de liberté. L'animal en a marre d'être dominé et d'être privé de liberté. Vous le faites donc parler.

> 2)Le monde a changé. Les chiens/chiennes, qui étaient en laisse auparavant, ont pris le pouvoir et ont attaché les humains en laisse. Vous faites parler l'animal au pouvoir et l'humain, réduit en esclavage. Vous les faites interagir.

Mes conseils

On voit tout de suite, dans cette proposition d'écriture, un remake de « La Planète des singes » de Pierre Boule, ou de la « La ferme des animaux » de George Orwell ou du « Livre de la jungle » de Rudyard Kilpling. L'idée de cette proposition m'est venue, à la suite de la lecture du roman « Erectus » de Xavier Müller.

A cause d'un virus inconnu et dangereux, certains humains se sont mis à régresser et à prendre l'apparence de nos lointains ancêtres, les Homos Erectus. Sont-ils des ancêtres que l'on doit protéger ou des bêtes

sauvages à éliminer ? Alors, on les parque dans des camps, mais certains se rebellent.
Faire parler les animaux est une façon classique d'user de l'anthropomorphisme à des fins d'écriture. Jean de La Fontaine est passé maître de cette pratique dans ses Fables. Les animaux ont, de tous temps, inspiré les humains et ont toujours joué un rôle prépondérant dans la littérature. D'ailleurs, l'origine de nos alphabets provient de la forme d'animaux.
Dans la littérature, les animaux ont établi soit un rapport de force avec les humains, soit de collaboration. Nos animaux deviennent alors figure humaine et possèdent les caractéristiques que nous possédons nous-mêmes, soit le langage verbal, le sens de l'humour, nos vices ou nos vertus. Les animaux pensent, philosophent et s'émeuvent comme nous.
La proposition d'écriture est suffisamment vaste pour trouver votre bonheur en matière de créativité.

Mon texte

Le chien et le maître…

Je suis une chienne bâtarde, trouvée errant dans la rue. Une âme bienveillante m'a recueillie, enfin c'est ce que je croyais. Bien vite, j'ai dû me rendre à l'évidence, elle n'était pas bienveillante du tout. Tout d'abord, on m'a attachée avec une grande chaîne bien costaude et ma niche était un tonneau en fer. L'hiver, j'étais frigorifiée, et l'été je crevais de chaud. J'avais droit à une gamelle d'eau dès le matin avec ma pâtée, et plus un mot. Seule, toujours seule. Bien des badauds me plaignaient, mais mon maître était intraitable. C'était un bourru, un homme dépourvu de chaleur humaine. Il n'était pas rare que je reçoive des coups avec un long morceau de bois, pour la moindre chose qui le contrariait. Un jour, le miracle se produisit, un bienfaiteur vint me délivrer. Celui-là était un vrai bienfaiteur. J'avais un couffin à l'intérieur de la maison, au frais l'été et près de la cheminée l'hiver. Le bonheur total.

Hors de question pour moi de le trahir, c'était la bonté même.
Mais, un jour j'ai fait une fugue, je me suis retrouvée face à mon bourreau. J'avais pris beaucoup d'assurance, je l'ai regardé droit dans les yeux, et lui, mon cher bourreau les a baissés ses yeux. Je l'ai fait reculer en le menaçant, mes crocs riaient sous cape, tellement la peur se lisait sur son visage. Je l'amenais jusqu'à mon lieu de souffrance, et là, par mes abois qui n'avaient rien de courtois, il se soumit, se mit à quatre pattes, là, couché dans ma niche sans bâton, il n'était plus qu'une loque.
Je suis restée des heures à monter la garde, sa femme le cherchait partout. C'était l'heure du repas. Eh bien cher bourreau, aujourd'hui tu mangeras des clopinettes, tu verras comme c'est appétissant et tu ne boiras pas d'eau fraîche. Heureusement pour moi, j'eus la bonne idée de choisir un jour supportable, et je me couchais à l'ombre d'un arbre, pendant que lui, transpirait à grosses gouttes dans son gourbi.
Je jappais à ses côtés, me roulais dans l'herbe, quel bonheur que cette vengeance.

Ah ! Il va s'en rappeler le bougre de sa journée de chien.

D'un seul coup, je vis de l'animation dans la cour. Une personne, puis deux, puis trois, puis tout un groupe, je suppose qu'il cherchait mon otage. Il voulut appeler, mais aussitôt je le fis taire avec mes grognements pas très sympathiques. Cela faisait plusieurs heures maintenant que je le tenais en respect. Les voisins, les amis, que sais-je, n'étaient toujours pas revenus. Je savourais, je sirotais, et je dégustais tous ces moments passés en sa compagnie.

Le soir commençait à poindre, je les entendais revenir, l'air effondré. Eux aussi avaient eu chaud à courir la campagne tout l'après-midi. Je restais sur mes gardes, car je les voyais venir vers moi, enfin vers nous. J'entendis qu'on l'appelait 'Narcisse, Narcisse'. Je me cachai dans les vignes toutes proches, et enfin ils trouvèrent Narcisse, qui n'était plus que l'ombre de lui-même, complètement déshydraté, et vu l'odeur qui se dégageait de lui, je craignais le pire. Ils allèrent chercher des bassines d'eau, le mirent entièrement nu, et prirent un vrai plaisir à lui flanquer les bassines d'eau sans ménagement pour le nettoyer. Pauvre Narcisse, il avait tout perdu de sa superbe. Allait-il leur dire la vérité ? Rien n'était moins sûr.

Mais, comme toutes les bonnes choses ont une fin, je dus rentrer chez mon libérateur. Quand j'arrivai toute penaude, pensant me faire punir, je fus reçue avec de grandes embrassades, une gamelle d'eau bien fraîche quand mon maître vit que je tirais une langue aussi longue qu'un jour sans fin. J'eus droit à mes croquettes favorites. Il trouvait que j'étais sale. Alors, je le laissai me toiletter et je reçus en guise de récompense, un gros câlin, lovée dans ses bras.

Quelle journée exquise !!! Que mon tortionnaire n'oublie jamais cette pénitence, et qu'il sache que la vengeance est un plat qui se mange froid. A bon entendeur salut !

Proposition d'écriture N° 18 : des expressions à insérer

> **Consigne :**
>
> Vous allez insérer entre 6 et 10 expressions contenant des chiffres (que vous écrirez en toutes lettres). Vous avez le choix des expressions.

Mes conseils

Les expressions avec les chiffres sont nombreuses en français et pargois rigolotes dans la langue française. Je vous en offre quelques exemples :

- *Avoir la boule à zéro*
- *Avoir zéro de conduite*
- *Avoir le moral à zéro*
- *Il était moins une*

- *Avoir deux mains gauches*
- *Brûler la chandelle par les deux bouts*
- *Trois pelés et un tondu*
- *A la six quatre deux*
- *Recevoir cinq sur cinq*
- *A six pieds sous terre*
- *Blanche Neige et les sept nains*
- *Faire les trois huit*
- *Neuf fois sur dix*
- *Couper la poire en deux*
- *Dix de der*
- *Etc.*

La langue française regorge de ces expressions chiffrées. Vous devrez veiller à ne pas vous noyer. Cela explique pourquoi j'en ai limité le nombre. Vous avez le choix de vos expressions. Vous pouvez même ajouter une contrainte à la contrainte, en utilisant des expressions avec le même chiffre. C'est possible.

Par exemple, il est aisé de trouver des expressions avec le chiffre 0 ou 4 : « *finir entre les quatre planches, faire les quatre-cents coups, dire ses quatre vérités à quelqu'un, se mettre en quatre, être tiré à quatre épingles, manger comme quatre, se saigner aux quatre veines, en pas y aller par quatre chemins, etc. »*

Il est de votre ressort, une fois les expressions choisies, de bâtir votre intrigue selon votre désir. La consigne est vaste et toutes les situations sont alors possibles. Vous pouvez vraiment vous faire plaisir et user de votre créativité.

Mon texte

Il était moins une que l'on gagne à la belote. Mais nos adversaires nous mirent un capot en toute fin de partie, alors que nous menions haut la main. C'est ce fameux dix de der de l'équipe d'en face, qui nous fit perdre la partie. Mais, on remettrait ça dans quelque temps, ils allaient voir de quel bois on se chauffait. La partie finie, on se désaltéra sur la terrasse, il faisait une chaleur à avoir la boule à zéro. Je commençais à servir les rafraîchissements, mais ayant deux mains gauches, je renversais inévitablement un verre, qui se cassa en étalant le breuvage sur ma voisine qui n'était pas contente du tout.

Je me serais bien mise à six pieds sous terre, tellement j'étais vexée. Devant tous mes invités, je voulus parader en sortant un joli service. Du coup, il me manquait un verre. Ce service serait dépareillé à tout jamais. Là, pour le coup je m'attribuais un zéro de conduite.

Mes invité partis, je fis du rangement, et mes yeux tombèrent sur une pile de livres pour enfants. J'adorais quand ma mère me les lisait, blottie dans ses bras. Je rêvais aux princes et aux princesses. La « Belle au bois dormant » me fascinait. Ma petite-fille de cinq ans, elle, adorait « Blanche Neige et les sept nains ». Imaginer les sept nains au service de leur fée, qui travaillent en chantant lui procurait un plaisir inouï. Elle me posait des questions auxquelles je n'avais pas pensé.

En dehors des visites de mes enfants et petits-enfants, j'avais pris l'habitude de visionner un film, mais neuf fois sur dix, je m'endormais devant, même quand on allait dans la salle de cinéma du quartier et qu'il y avait trois pelés et un tondu pour voir un des derniers films sortis.

Pour lui faire plaisir, un jour, j'accompagnais mon amie, qui me recommandait chaudement un des films de la semaine. C'était un navet, comme on en voyait rarement, bâclé, ficelé à la six quatre deux. Nous rîmes malgré tout, tellement les gags nous faisaient penser au duo Laurel et Hardy. Les spectateurs avaient cru à la propagande de la bande-annonce, bien ficelée elle. Mais on ne m'y reprendrait plus.

Je rentrai chez moi après cette séance minable, et je pris le temps de regarder le programme du soir, bien calée dans mon fauteuil. J'avais décidé de regarder mon émission préférée, « Sept sur sept ». La journée se terminerait en attendant le lendemain qui se profilait déjà dans quelques heures.

Proposition d'écriture N° 19 : une bêtise d'enfant

Consigne :

A vous de raconter une bêtise d'enfant. Je vous propose de raconter une bêtise quand vous-même étiez enfant. Ou une bêtise de vos petits-enfants. Ou une de vos animaux, qui ne sont pas en reste. Ou vous en inventez une pour votre personnage.

Mes conseils

Qui n'a jamais eu envie de raconter ses bêtises d'enfant ? Certaines d'entre d'elles sont sans doute mémorables. Une frite dans le nez, un dessin au feutre sur le mur du salon, un vol de bonbon à l'épicerie, couper les cheveux de sa sœur ou de la poupée de sa sœur, déchirer un billet de banque, déclencher un incendie, faire l'école buissonnière, lire un livre interdit... Il y a tellement d'expériences transgressives à faire pour apprendre à grandir que chacun de nous a forcément un de ces souvenirs en mémoire !

Avez-vous le souvenir d'une grosse bêtise ? Quel âge aviez-vous ? Qu'est-ce qui l'a inspirée ? L'avez-vous commise seul ou avec d'autres ? Était-ce drôle, attendrissant ou potentiellement grave ? Aviez-vous conscience de mal agir ? Vous êtes-vous fait prendre ? Par qui ? Avez-vous été sanctionné ? Avez-vous compris pourquoi sur le moment ou bien plus tard ? En avez-vous tiré un enseignement ? À quel point cela vous a-t-il marqué ? Avez-vous réussi à cacher certaines de vos bêtises ? Vos propres enfants ont-ils commis des bêtises mémorables ? Comment avez-vous réagi ? Avez-vous eu l'occasion de raconter vos propres exploits à vos enfants ?

Pour témoigner, il est préférable de raconter son souvenir à la première personne du singulier, avec le plus de précisions possibles. Les questions posées ci-dessus vous permettront de donner un cadre à votre intrigue. Car, le plus grand danger lorsqu'on raconte un souvenir, c'est de se laisser emporter dans son écriture et d'en oublier le cadre. On part alors souvent dans des digressions, qui ne sont pas le souvenir en lui-même.

Mon texte

Je vous raconte dans cet épisode un souvenir de ma mère, décédée, qui a vécu dans un village de l'Oise en Picardie à la fin des années 1940.

Des bêtises de mon enfance, de mes animaux ou de mes petits-enfants, j'en ai beaucoup à raconter. Je vais vous faire revivre un grand moment de mon enfance. Nous étions trois jeunes enfants et adorions nous promener en forêt avec notre mère. Nous sortions d'un hiver rigoureux, le printemps nous souriait et ce jour-là, ma mère voulut nous emmener en balade en forêt. Quand je dis forêt, c'est avec mon ressenti d'enfant, en fait, c'était un immense bois de plusieurs hectares, qui s'appelait le bois de la montagne, un des bois de mon village dans l'Oise. Nous voilà tous partis avec le goûter, soit du pain avec un carré de chocolat.

Tout heureux, on gambadait devant elle. C'était tellement rare que ces moment-là étaient sacrés pour nous. Ma mère avait emporté avec elle un panier en osier, car c'était la saison des morilles. Après des kilomètres, nous arrivâmes enfin sur notre lieu d'espoir, pour espérer manger le soir une bonne omelette aux morilles. Nous étions les uns près des autres, jamais bien loin de notre mère. L'histoire du Petit Poucet qu'on nous avait racontée à l'école, était présent dans nos mémoires. Je finis par pousser un cri de joie, ayant trouvé quelques champignons. En un rien de temps, notre mère remplit son panier.

Nous nous assîmes dans une clairière et avons dégusté notre goûter. Au loin, on voyait le soleil se coucher tout doucement—nous n'étions que début avril. Ma mère nous avait enjoint de le regarder avec ses belles couleurs qui irradiaient le ciel.

—Bon, décida-t-elle tout à coup, on rentre.

On la suivit, confiants, elle tourna,

retourna, contourna, elle ne trouvait plus son chemin. Le soir commençait à envahir le ciel. Ma petite sœur et moi, on pleurait toutes les larmes de notre corps. Mon frère, lui, restait stoïque et cherchait avec ma mère l'issue, le trou dans la forêt qui nous mettrait sur le bon chemin. D'un seul coup, ma mère s'arracha un cheveu, glissa son alliance et chercha à savoir si on était situés au nord, au sud ou ailleurs. Mon Dieu, quelle peur nous avions ressentie à la voir avec ses gestes mystérieux. Son expérience n'étant pas très concluante, elle se mit alors à crier de toutes ses forces « Hou ! Hou ». Seul son écho lui répondait. On marcha et on marcha encore, et on pleurait toujours plus. On se voyait coucher sous les arbres, dévorés par les loup. Eh oui, les contes, ça laisse des traces sur nos âmes d'enfant ! Après des heures d'angoisse, ma mère nous demanda le silence, elle entendit du bruit. En effet, les voitures étaient très rares à l'époque, nous étions en pleine campagne. Elle entendit un bruit de moteur. Et du haut de notre bois de la montagne, nous vîmes avec nos yeux d'enfants, une voiture miniature, tellement nous étions au plus haut de cette forêt.

Donc, on fonça droit dans cette direction, et enfin nous étions sur une route. Nous avions encore plusieurs kilomètres à parcourir, mais nos peurs et nos pleurs avaient cessé. Quand nous arrivâmes chez nous, notre père était inquiet de notre si longue absence. Il n'y avait pas de téléphone portable ni GPS à mon époque. Ma mère lui expliqua succinctement notre péripétie, mais au vu de toutes ces morilles, cet épisode fut vite oublié.

Mais ce ne fut pas le cas pour moi. Depuis tout ce temps, j'ai toujours eu peur de me perdre et de ne plus retrouver ma route. Maman, tu nous as fait bien peur ce jour-là, et tu vois, tant d'années après, je peux décrire toutes mes émotions de petite fille, qui m'ont à jamais rendues peureuse sur bien des points.

Proposition d'écriture N° 20 : un couple au crépuscule

Consigne :

A vous de composer une histoire à partir de la photo suivante :

A partir de cette photo, vous pouvez raconter une scène entre deux amoureux. Ou raconter la première fois qu'un couple s'avoue son amour. Ou raconter aussi une scène de rupture non violente dans la nature.

Mes conseils

Il s'agit, en tout premier lieu, de bien observer la scène. On dirait presque que les personnages sont des jumeaux ou plutôt des jumelles. Il se pourrait que ce soit un couple de femmes, vêtues de la même manière, se regardant, avec le coucher du soleil en arrière-plan.
Quand vous avez une image, soit elle devient le début de votre histoire, soit vous insérez la scène en question à un moment donné de l'intrigue. Le paysage de l'image est romantique à souhait et il fait aussi partie intégrante de l'histoire.
Ce n'est pas facile d'écrire une scène entre amoureux, voire une scène d'amour. Le lecteur n'est pas obligé de comprendre automatiquement pourquoi deux personnages s'intéressent l'un à l'autre. Pour qu'une relation touche le lecteur, l'attirance des personnages doit reposer sur des raisons crédibles. Il convient d'y penser avant de commencer à écrire.
Qu'est-ce qui fait que deux personnages commencent à se plaire ? Comment s'exprime leur retenue ? Quels obstacles

doivent-ils surmonter sur le chemin de l'amour, d'autant plus quand c'est un couple homosexuel ?

Donnez à ces deux personnages l'occasion de discuter ensemble d'autre chose que d'eux-mêmes. Il est préférable que leur discussion ait un rapport avec leur relation, dans ce cas précis.

Dans la vraie vie, les gens expriment rarement ce qu'ils ressentent exactement, surtout quand ils se sentent vulnérables. Ils peuvent masquer leurs émotions, parler de manière peu sincère ou détournée. Il en va de même pour vos personnages, car ils doivent refléter les comportements humains. Pour ce faire, limitez les dialogues où vous expliquez tout. Les non-dits sont importants, car ils en disent plus long sur la situation que toutes vos explications. Pensez à faire alors preuve de retenue dans les propos de vos amoureux, car le but n'est pas non plus d'écrire des dialogues larmoyants.

Mon texte

— Quel merveilleux paysage ! Ce moment est sublime ma chérie !
— Je savais que ça te plairait qu'on se retrouve sur la falaise au bord de la mer. J'avais besoin qu'on passe un moment ensemble car j'ai quelque chose d'important à te dire, Angélique ma douce.
— Oh tu me fais peur, là, dit comme ça !
— Je ne me mettrai pas à genoux comme le voudrait la tradition. Créons notre propre tradition, veux-tu bien ? Moi, Céline, je te demande en mariage. Veux-tu m'épouser Angélique ?
— Oh que oui, mille fois oui. Je n'attendais que ça et je n'osais pas faire la demande la première. Que je suis heureuse, la plus heureuse du monde ma chérie ! Je t'aime Céline.
—Moi aussi je t'aime Angélique !

Tout avait commencé presque cinq ans auparavant entre Angélique Dindin et Céline Corrone. Leur couple s'était formé de manière surprenante d'ailleurs. En effet, Angélique et Céline se sont rencontrées sur le SD Facebook, un jeu de rôle sur le réseau social qui consiste à interpréter un personnage en lui imaginant une vie et qui permet de dialoguer avec d'autres utilisateurs. Les deux femmes ont fait parler leurs personnages virtuels avant de passer à une rencontre réelle dans la « vraie » vie.

Il s'est passé six mois entre leurs premières discussions et l'officialisation de leur couple. Elles n'ont pas été amies ; elles ont tout de suite su qu'il se passait quelque chose entre elles. Elles savaient qu'elles ne seraient pas que des amies dès le départ. Et ce, malgré la distance qui les séparait. Les deux femmes vivaient à pratiquement huit cents kilomètres l'une de l'autre et chacune sortait d'une séparation houleuse d'avec leur conjoint respectif.

Angélique était à Bayonne et Céline à Besançon. Angélique, l'aînée de cinq ans, a su mieux gérer la complication de leur relation. Elles se voyaient tout de même à chaque période de vacances scolaires, toutes deux exerçant le métier de professeure.

Leur histoire d'amour a mis plusieurs mois à voir le jour à cause des appréhensions de

Céline. En effet, cette dernière n'avait jamais eu d'expérience avec une femme auparavant et elle éprouva des difficultés à se projeter dans une nouvelle histoire d'amour. Elle était même fermée, pendant plusieurs mois, à l'idée de vivre avec une femme. Après des heures de discussion, Céline finit par s'attacher et à avoir envie de cette relation.

Angélique, quant à elle, ne se posa jamais la question : aimer Céline était une évidence. Ce fut le cas dès le départ, quand bien même elle n'avait jamais eu de relation sexuelle avec une femme auparavant.

Bien sûr, les deux femmes se décidèrent à faire leur 'coming-out' auprès de leur famille rapidement. Leurs amis s'en doutaient depuis un certain temps. Contre toute attente, l'entourage des deux femmes fut un soutien. Malgré tout, la personne la plus réticente concernant la relation avec une femme a été le père de Céline, étant plutôt de la vieille école.

Comme leur histoire d'amour prit un tournant plus sérieux, Céline réussit à obtenir une mutation pour la côte basque et les deux femmes se pacsèrent à la rentrée scolaire. Elles vivent leur histoire d'amour au grand jour et ont commencé à parler mariage, sans toutefois passer à l'acte. Elles ont aussi le désir d'avoir des enfants, chacune leur tour.

Elles aiment faire passer le message de ne pas rester dans sa bulle quand on n'est pas comme les autres. Il existe plein d'associations, de personnes prêtes à aider et à soutenir quiconque en fait la demande. Dans leur communauté d'homosexuels, hommes ou femmes, il est toujours possible de trouver de l'entraide.

Ni Angélique, ni Céline ne pensait tomber amoureuse d'une femme. Le hasard de la vie les a placées sur le même chemin, pour leur plus grand bonheur. Ce qui compte, ce ne sont pas les préférences sexuelles des uns et des autres. Ce qui compte, c'est l'amour que l'on ressent pour une personne !

Proposition d'écriture N° 21 : s'adresser à Dieu

Consigne :

**Il est rare qu'on prenne le temps de s'adresser à Dieu ou qu'on le dise.
Je vous propose donc d'écrire un texte en vous adressant à Dieu.
Vous pouvez insérer Dieu dans votre histoire comme personnage, ou comme tierce personne.
Vous pouvez lui parler directement ou lui adresser une prière ou toutes les demandes que vous souhaitez.**

Mes conseils

On n'ose pas envoyer un message à Dieu. Les croyants ont cette faculté de s'adresser à lui ou à d'autres personnes plus facilement. On n'est pas obligé d'être croyant pour ce faire. Je crois plutôt aux forces célestes, aux forces de l'Univers. Alors, on peut appeler cela comme on le souhaite.

On a parfois besoin de s'adresser à une entité qui ne peut nous entendre, mais dont on a besoin. C'est naturel et parfaitement humain. On a toutes et tous besoin de se confier, d'une manière ou d'une autre. On n'est pas obligés non plus d'être dans un lieu de culte.

On peut écrire une lettre en évoquant sa vie, son parcours et tout ce qu'on a vécu. La vie est longue et on vit des choses parfois douloureuses. Si vous saviez comme cela fait du bien de se confier. C'est une thérapie.

Dans cet exercice d'écriture, vous pouvez enfin écrire ce que vous voulez à Dieu. Vous pouvez vous demander 'comment écrire une lettre à Dieu' ? Vous avez le droit d'être incrédule. Alors, exprimez vos besoins, mais prenez l'exercice au sérieux. Cette idée d'écrire peut vous paraître dénuée de bon sens.

Vous pouvez écrire cette lettre comme une lettre de motivation avec la même détermination et le même soin que vous auriez mis à convaincre un recruteur.

Mon texte

Ici-bas, je m'adresse à toi Dieu pour ma Maman partie bien trop tôt
Je suis attachée à cette Terre
Ma vie continue, chaque jour sans toi
Chaque heure me rapproche de toi.
Je suis ici et tu es de l'autre côté
Aujourd'hui, je prends le temps de te le dire
Pourquoi Dieu m'as-tu enlevé Maman trop tôt ?
Je te souhaite la Paix là où tu es
Je te souhaite le repos, le sourire au cœur
Tu restes dans ma mémoire et tu feras toujours partie de ma vie.
Tu es une partie de moi
Je suis une partie de toi pour l'éternité
Car nous sommes tous reliés les uns aux autres
Je m'en remets à toi Dieu, à l'univers
Maman, je t'imagine dans un espace merveilleux où tu es libre
Dans un espace où la sérénité règne
Où ton âme vibre et rayonne, je le sais

Je sais au plus profond de moi que tu es présente
Dieu, aidez-moi à surmonter cette douleur
Et ce que je dois affronter sur Terre
Maman, j'accepte que tu sois partie
Car je ne peux rien y faire
Tout ce que je peux faire aujourd'hui
C'est de demander à Dieu de bien s'occuper de toi
Tout ce que je peux faire aujourd'hui
C'est prier pour ton âme et de continuer à t'aimer
De toujours t'aimer
Par cette prière avec Dieu et à Dieu
Je t'envoie Maman mon Amour
Et ma gratitude à la Vie partagée avec toi
Repose en paix
Ainsi soit-il.

Proposition d'écriture N° 22 : une vision

> **Consigne :**
>
> Racontez (ou inventez) une vision que vous avez eue ou un de vos personnages.
>
> -Soit en rapport avec une personne défunte.
> -Soit en rapport avec un événement prémonitoire.
> -Soit en rapport avec un changement de vie.

Mes conseils

Il est évident que vous n'êtes absolument pas obligé de raconter votre vie. Vous pouvez très bien imaginer un personnage qui a eu une vision.

Ce thème de consigne (après la lettre à Dieu) peut vous paraître étrange. Deux jours après le décès de ma mère, elle m'est apparue alors que je me reposais dans mon hamac dans mon jardin. Elle avait un visage apaisé, les yeux fermés et il n'y avait que son visage.

Je me suis dit que je n'étais pas la seule personne sur Terre à avoir eu des visions. Depuis, j'en ai eu d'autres de ma mère. Et petit à petit, j'ai fini par la voir en entier. Ces visions étaient perturbantes au début, mais je m'y suis habituée. Et désormais, je suis heureuse quand j'en ai une.

Bien sûr, il y a différentes sortes de vision, spirituelle ou pas. On y croit ou pas. Là n'est pas la question. Il n'y a aucune honte à évoquer ou à imaginer une vision. On peut très bien aussi écrire sur une vision qu'on a de sa vie dans quelques années. Cela est aussi possible. Cela dépend du sens qu'on donne au mot 'vision'.

Mon texte

Elle est partie sans crier gare, seule, sans nous attendre. Elle nous a laissés plantés là, au bord de son lit de l'unité de soins palliatifs. Sans aucun au revoir, sans nous dire adieu. Elle ne nous a laissé aucun autre choix que celui d'accepter que soudain, en une seconde, tout s'arrête. Ebranlée : c'est le mot qui convient pour décrire ce que j'ai ressenti à ce moment-là. Nous nous doutions qu'il allait arriver, sans mettre de mot dessus, sans vouloir y croire. Nous espérions qu'un miracle se produise. C'était le 30 août 2022.

Confusément, chacun a repris sa route du mieux qu'il a pu dans les heures qui ont suivi, portant ce lourd fardeau de chagrin et d'incompréhension. Il nous était impossible de tourner la page. Deux jours après, j'ai essayé de trouver un moment de paix. Je me suis allongée dans mon hamac, sous le bouleau de mon jardin. Je me sentais bien, regardant le ciel bleu. Comment ce ciel pouvait-il être aussi bleu en ces temps aussi tristes ? Comment les avions pouvaient-ils passer au-dessus de ma tête sans aucun intérêt pour ma peine ? Puis, c'est là qu'elle est venue vers moi. Pour la première fois. J'ai tellement eu peur que j'ai bondi de mon hamac en criant. Stupéfaction. Le visage de ma mère m'est apparu sous l'acacia. Tout blanc. Il était tout blanc. Ses yeux étaient fermés, et elle essayait de me dire quelque chose, mais n'y parvenait pas. A la fin de sa maladie, elle ne pouvait plus parler.

Nous étions proches, surtout ces deux derniers mois, pendant sa maladie, pendant les deux mois d'hôpital, pendant cet été fatidique 2022. L'été de mes 60 ans. Le jour de mes 60 ans, j'ai entendu ma mère me souhaiter mon anniversaire dans un râle de mourante. Quelle peine j'ai eue. Cela faisait deux jours que je pleurais sans cesse, parce que je savais. Je savais que c'était la fin, mais mon esprit ne voulait pas qu'elle parte. Mon monde s'écroulait. 60 ans avec elle et d'un coup, plus rien.

Aussi soudainement que la vision de ma mère est apparue, aussi vite elle disparut.

Mais, elle m'avait envoyé un message : ça va aller, ne t'en fais pas. Je n'ai pas eu d'autre choix que d'accepter cette vision. Ma mère entrait en contact avec moi. Je n'ai pas tenté de lutter. Elle était une âme en visite et j'étais heureuse, après coup, de l'avoir vue. J'ai une relation avec l'irrationnel grâce à mes 27 années de pratique du yoga. Je n'ai pas été étonnée, je ne m'y attendais tout simplement pas.

Alors, je suis une fille honorée par la confiance que mon invitée m'accorde de temps à autre. Je suis heureuse d'être en relation avec elle. J'accueille chacune de nos entrevues comme un moment privilégié.

Maintenant, je sais ce qui se passe après notre trépas. C'est un monde de douceur, un monde tout blanc, de bonté, où on se reconstruit et où on voyage. C'est un monde accueillant et apaisant.

Proposition d'écriture N° 23 : les gouttes de la douche

> **Consigne :**
>
> *"Les gouttes de la douche évitaient chaque pore de sa peau. Tout n'était que senteurs vaporisées pour masquer la misère du corps délaissé. On se serait cru à la cour de Versailles au temps de Louis XIV."*
>
> **Ces phrases constitueront le début ou la fin de votre récit.**

Mes conseils

A partir de la consigne, on comprend qu'il s'agit de la réflexion d'une personne face à une autre qui ne se lave pas, de laquelle émanent des odeurs nauséabondes. On sent une certaine misère, une consternation face à une personne qui délaisse son corps, qui évite la propreté corporelle et avec laquelle il faut sans doute vivre.

On comprend aussi aisément la relation avec la cour de Versailles. Quand on lit certains récits sur cette période, on sait que les gens puaient, faisaient leurs besoins un peu n'importe où, derrière les rideaux par exemple, et qu'ils cachaient leurs fortes odeurs corporelles en abusant des parfums. On imagine très bien que toutes les odeurs se mélangeaient et on pouvait facilement souffrir de nausées. Je n'aurais pas aimé vivre à cette époque.

La consigne est suffisamment souple car vous pouvez faire de ces phrases un incipit (à insérer au tout début de votre histoire) ou la fin de votre récit. C'est la raison pour laquelle vous devez réfléchir aux bases de l'intrigue avant d'écrire. Il est impossible d'insérer ces phrases juste comme ça, comme un cheveu sur la soupe. Elles font partie intégrante du récit.

Mon texte

Je ne vivais pas à la cour de Versailles et pourtant... Les gouttes de la douche évitaient chaque pore de sa peau. Tout n'était que senteurs vaporisées pour masquer la misère du corps délaissé. On se serait cru à la cour de Versailles au temps de Louis XIV.
Je m'étais mariée au XXe siècle, mais tous les jours, j'avais l'impression de vivre au XVIIe siècle. Comment cela était-il possible ? On avait une douche moderne, une baignoire, un lavabo, tout le confort nécessaire à une habitation conforme à notre époque. Pourtant, l'homme avec lequel j'étais mariée vivait comme au siècle du Roi Soleil.
Etait-il un descendant de ce grand roi ? Ou plus simplement voulait-il économiser l'eau, à une époque où on n'en parlait pas encore comme d'un bien précieux ? Toujours est-il que l'homme qui jouait mon mari évitait les douches. Il avait une technique bien à lui pour faire croire que les gouttelettes de la douche l'atteignaient. Il mouillait le sol de ladite douche, faisait

croire qu'il avait utilisé la serviette de bains pour se sécher. Mais, un détail m'avait toujours échappé : nulle buée ne venait troubler la salle de bains. Très étonnant, non ?

Avait-il consulté par télépathie un médecin du grand siècle, qui lui aurait conseillé d'éviter de toucher à l'eau, craignant que l'eau ne transmette des maladies par les pores de la peau ? Il n'allait pas non plus se tremper dans les rivières comme aimait le faire le Roi Soleil. Ce qui était sûr, c'est que cet homme que je fréquentais au quotidien ne sentait pas la rose tous les jours. Personne ne m'avait prévenue à la mairie quand j'ai signé les registres du mariage.

On se marie pour le meilleur et pour le pire, c'est bien connu. Mais comment expliquer pour cause de divorce que mon futur ex-mari puait comme un putois ? A l'inverse de la favorite du roi, madame de Montespan, je ne me suis jamais parfumée à outrance pour couvrir les fortes odeurs corporelles qui polluaient mon environnement. Je ne lui ai jamais dit en face ; j'ai tout simplement fait chambre à part. Après de nombreuses colères, j'ai renoncé à éduquer un homme dans l'âge mûr qui se comportait comme un adolescent. J'ai accepté avec joie de régler les frais du divorce pour retrouver un environnement sain.

Proposition d'écriture N° 24 : région à l'honneur

> **Consigne :**
>
> **Dans votre récit, vous évoquerez votre région en insérant 3 produits minimum emblématiques (pas forcément alimentaires).**
> **Vous ne nommerez pas votre région.**
> **A la lecture de vos textes, les lectrices et lecteurs tenteront de deviner de quelle région il s'agit.**
> **Soit, vous parlez des produits, en racontant ce qu'ils évoquent pour vous. Soit, vous les insérez dans une histoire. Soit, vous expliquez pourquoi**

> **ils sont importants dans votre région ou comment ils ont évolué au fil du temps.**

Mes conseils

On ne met jamais assez à l'honneur l'endroit où nous vivons. Ce genre de consigne permet un voyage intéressant à lire. Qui n'a jamais été surpris du parler de nos régions lors d'une virée estivale ? Selon les régions, on est plutôt 'wassingue ou 'serpillère', 'chocolatine' ou 'pain au chocolat', 'crayon de bois' ou 'crayon gris'.

De Rennes à Marseille, en passant par Limoges et Lyon, on ne parle pas tout à fait le même français et la différence est encore plus flagrante dans les pays francophones. Qui n'a jamais été surpris, lors d'un déplacement en dehors de sa région d'origine, par une prononciation différente, un mot ou une expression qui lui est inconnue ? Kenavo, drache, boujou, vogue, peuchère, pive.... Ces mots,

pourtant bien de chez nous, sont le reflet de notre histoire et caractérisent le français d'un bout à l'autre de l'Hexagone. Ils sont appelés des "régionalismes". Si en plus on rajoute les spécialités culinaires ou les particularités vestimentaires, le vocabulaire est riche de mots.
Nous adorons toutes et tous évoquer l'endroit où nous habitons. On peut même dire qu'on en est fiers. Vous pouvez même évoquer le lieu de vie de votre enfance où la réalité se mêlera aux souvenirs chéris.

<u>Mon texte</u>

Moi, je vis depuis trente ans dans une région où les cagouilles sortent par temps de pluie. Et ces petites bêtes ont bien de la chance, quand elles restent dans les fossés pour y vivre leur vie, car chez moi, il y a aussi bien la campagne que le bord de mer. Je me trompe, océan est le mot le plus approprié, car il commence là où finit l'estuaire de la Gironde, le plus grand d'Europe.

Ma région possède tout un chapelet d'îles et de rivières qu'on devrait nommer fleuves, car ils se jettent dans l'océan et ne sont pas des affluents, telles La Charente et la Seudre.

Si vous êtes fatigués d'arpenter le littoral, vous pouvez vous reposer sur nos plages et casser la croûte dans nos stations balnéaires renommées, qui font la joie des nombreux touristes l'été. L'art, l'histoire, la culture font partie intégrante de notre patrimoine, avec notre préfecture emblématique, à l'histoire tumultueuse certes, fière de montrer ses tours à l'entrée de son Vieux Port.

Louis XIV, aidé de Vauban, a fait de ma région des places fortes pour lutter contre leurs ennemis de toujours, les Anglais. Les Romains étaient bien présents aussi en leur temps, laissant de magnifiques vestiges.

Ma région est pleine de curiosités, certaines célèbres. Qui n'a pas regardé dans son enfance le jeu « Fort Boyard » ? Tout le monde connaît ce jeu. Il n'est qu'à quelques encablures de mon petit chez moi. Il trône face à l'île d'Oléron et face à la minuscule île d'Aix.

Je crois que je peux dire que notre terre est bénie des dieux. Nous avons tout à portée de main concernant la nourriture. On pourrait parler de bons plats paysans, mais les produits de la mer font aussi de mon coin une région gastronomique. On peut déguster les fameuses huîtres de Marennes-Oléron, les stars locales. Trop peu pour moi car j'y suis malheureusement allergique. Toutes sortes de coquillages, dont les moules de bouchot si délicieuses, sont proposés à la vente dans les marchés, sans parler des poissons, notamment du bar, cuisiné avec le sel de l'île de Ré.

Une fois vos crustacés pêchés localement avalés, des mojhettes vous seront servies avec une pointe de beurre AOP de Surgères, rien que ça et peut-être accompagnés des algues locales comme la salicorne.

Passons au fromage maintenant. Vous avez l'embarras du choix dans ma région : de la jonchée roulée dans des joncs de marais au tourteau fromagé à la peau noire, vous avez le choix. Une fois que vous vous serez bien régalés avec tous ces plats, vous devez absolument goûter la galette charentaise, gâteau traditionnel du marais poitevin à l'origine.

J'ai oublié de vous parler du produit en or de ma région, qui façonne les paysages, le célébrissime Cognac, réputé dans le monde entier, vieilli en fûts de chêne pendant au moins deux ans. Cognac rime avec art de vivre et tradition. On en savoure d'abord la couleur dans un verre dédié à cet élixir des dieux. Rien de tel après un bon repas que de se faire plaisir avec une lampée de Cognac. Mais, pour l'apéritif, je vous laisse apprécier le pineau, rouge, blanc ou rosé, élaboré à partir du vin et du cognac. A chacun sa couleur de prédilection !

J'aurais pu encore vous parler des pibales, des civelles, du grillon charentais, des bonbons les « bois cassés », du melon charentais, du gigourit, sorte de pâté, ou le farcis charentais, exclusivement composé de légumes, mais les plats typiques de ma région sont plutôt cuisinés avec le veau de Chalais et la poule de Barbezieux, poule noire à la chair délicieuse. On peut aussi cuisiner avec le miel produit en abondance dans ma région.

Le soleil est aussi généreux dans ma région et les saisons se font douces et agréables.

Tout est modéré dans ma région, aussi il ne vous reste plus qu'à venir la découvrir sans plus attendre !

Proposition d'écriture N° 25 : retourner dans le passé

> **Consigne :**
>
> **Quels conseils donneriez-vous à la personne que vous étiez il y a 30 ans ou à un personnage, si vous pouviez remonter le temps ?**

Mes conseils

Il est bon, de temps à autre, de se pencher sur son passé et de regarder en arrière, sans pour autant faire preuve de mélancolie. Réfléchir à la façon dont on s'est comporté, dont on a évolué, tirer des conclusions sur notre parcours de vie : voilà des chose que l'on fait rarement pour de multiples raisons. Sans pour autant devenir comme Dorian Gray, le personnage emblématique du roman écrit par Oscar Wilde, qui se penche trop dans son miroir au point de ne pas accepter de vieillir.

Si on a du mal à s'accepter tel qu'on est ou qu'on n'est pas capable d'apprécier la personne que l'on était, s'écrire une lettre a de sacrés bienfaits. Cela s'apparente à une vraie thérapie. En tout cas, c'est ce qu'affirme la thérapeute Elisabeth Horowitz dans son ouvrage « La Courrier-Thérapie ». Elle dit qu'écrire des lettres libère, soulage et guérit.

C'est un acte simple, mais symbolique. Cela permet de matérialiser immédiatement le problème. Cette pratique épistolaire à visée thérapeutique recèle des bienfaits insoupçonnés : elle apaiserait des symptômes comme l'état dépressif, les crises d'anxiété ou les douleurs chroniques. Coucher son ressenti sur le papier ferait gagner un temps précieux à toutes celles et à tous ceux qui vivent des émotions intenses au présent ou qui en ont vécu dans le passé ou qui vivent des situations difficiles ou qui en ont vécu. Prodiguer des conseils aux uns et aux autres est compliqué, mais alors s'en écrire à soi-même, à la personne que l'on était il y a 30 ans est encore plus complexe. On n'a pas d'autre choix que de se regarder en face et d'être honnête avec soi-même. Autrement, à quoi bon ?

S'écrire à soi-même est un exercice d'écriture puissant et c'est l'occasion ou jamais de faire la paix avec son passé, de prendre plus confiance en soi et d'apprendre, surtout, à s'accepter et à s'aimer. C'est purement et simplement un moment de reconnexion avec soi-même ! Respectez-vous, donnez-vous des conseils avec bienveillance et douceur. Considérez-vous vous-même comme votre meilleur ami. Alors, si vous étiez cet ami, quels conseils lui donneriez-vous ?

Le champ est libre et les possibilités de cette lettre de conseils à vous-même sont infinies. Le mode épistolaire a l'avantage de créer un espace intime, propice à la confidence. Il est évident que vous ne montrerez à personne ce que vous avez écrit. C'est votre sphère privée. Il n'y a plus qu'à laisser votre intuition et votre créativité agir. Je trouve qu'il est bon, de temps à autre, pour ne pas dire régulièrement, de faire un bilan sur soi et sur sa vie. Malheureusement, on ne le fait que très rarement. C'est fort dommage !

Mon texte

Il y a trente ans, j'étais une jeune femme dynamique de trente ans, mère de famille et enceinte de mon deuxième enfant. Je pensais que mon mariage avec M. allait durer toute la vie. Je prenais tout en charge, car mon mari ne s'occupait de rien. Nous avions acheté une maison avec des travaux conséquents. J'étais professeure d'anglais et j'aimais mon métier. Nous vivions dans un petit village en région parisienne.

Trente ans plus tard, connaissant tout ce que j'ai vécu, voici les dix conseils que je me donnerais. C'est ce que l'animateur Frédéric Lopez demande à ses invités chaque dimanche dans son émission « Un dimanche à la campagne ». Comme ils connaissent la suite de leur histoire, il leur demande ce qu'ils-elles diraient à l'oreille de l'enfant qu'ils-elles étaient.

Conseil 1 : Laurence, tu vas devoir t'armer de toutes tes forces pour tout affronter quasiment seule. Tu élèveras tes enfants seule de A à Z. Tu commettras sans doute des erreurs mais tu feras ton devoir de mère jusqu'au bout.

Conseil 2 : profite de tes enfants car ils vont grandir très vite. Le temps va passer à l'allure de l'éclair. Ton aîné te dépassera en taille à 11 ans. Donne-leur tout l'amour possible car ils n'auront que toi.

Conseil 3 : fais plus attention à l'argent, car à cause de ta séparation et de ton divorce, tu auras des dettes à rembourser, qui ne seront pas de ton fait. Tiens les comptes au lieu de laisser ton mari se charger de cette corvée. Il va te dépouiller jusqu'au dernier centime. Mais tu te relèveras, comme tu l'as toujours fait.

Conseil 4 : reste la personne que tu es au fil des ans. Tu es une âme saine, franche et louable. Tu feras ce qu'il faut dans tous les domaines de ta vie, même si cela sera dur. Crois-moi, cela va être très dur, mais tu auras le soutien de tes parents, surtout de ta mère.

Conseil 5 : pour t'aider à affronter tout ce que tu vas traverser, tu te mettras au yoga. Surtout, poursuis dans cette voie, car ce sera celle de ton salut. Le yoga et tes lectures te sauveront de la détresse. N'écoute pas les voix discordantes qui diront, sans rien savoir, que c'est une secte ou qui seront dubitatives quant à l'efficacité physique et psychologique de la pratique.

Conseil 6 : tu achèteras ta maison seule. Eloigne-toi de celles et ceux qui afficheront une forme de jalousie quant à ta renaissance après ton divorce difficile. Tu as bien le droit de sortir la tête de l'eau. Petit à petit, tu entreprendras les travaux nécessaires pour améliorer ton habitat. Ce ne sera pas la maison de tes rêves, mais tu t'y sentiras bien.

Conseil 7 : tu vas devoir compter que sur toi-même en vieillissant, surtout après la mort de ta mère. Tes fils te tourneront le dos un certaine temps mais tu devras résister et apprendre à vivre pour toi, rien que pour toi. Je sais, c'est très difficile, mais tu surmonteras encore cette épreuve. Tu en es capable.

Conseil 8 : au lieu de déplorer la disparition de ta mère, éloigne-toi le plus possible de ton père, car tu apprendras que c'est un pervers qui a nui à ses propres petits-enfants. Cela décimera le reste de la famille et tu cesseras toute relation avec ton frère et ses fils à cause de leur attitude.

Conseil 9 : au fil des années, tu auras de plus en plus les moyens de partir souvent en vacances, alors profite. Pars, voyage, découvre, c'est ce que tu as toujours aimé. Ce sera aussi ta planche de salut.

Conseil 10 : tu vas vivre des moments difficiles, mais n'abandonne jamais. Tu as la force en toi depuis ta petite enfance. Fais preuve de patience pour certains choses. Le temps abolira les dissensions avec tes enfants. Ils reviendront vers toi un jour. Ce sera long, mais ils parviendront à faire le chemin à l'envers.

Proposition d'écriture N° 26 : j'aurais voulu être un artiste

Consigne :

La phrase *« j'aurais voulu être un artiste »* est inspirée de la comédie musicale « Starmania ». Vous auriez voulu être un artiste, ou votre personnage.
Dans quel art votre personnage aurait-il aimé évoluer ? Pourquoi ?
Quelles sont les émotions liées à cette pratique artistique ?
Pourquoi ce personnage n'a-t-il/elle pas pu exceller dans cet art ?
Qu'est-ce qui l'a bloqué ?

Votre histoire peut être autobiographique ou inventée.

Mes conseils

Pour commencer, il convient de réfléchir pourquoi on aurait aimé, soi-même, (avant d'inventer un personnage), être un artiste. L'art inspire mais peu de gens osent franchir le cap et s'adonner vraiment à une activité artistique.
Il convient donc de réfléchir à ce qui nous pousserait à devenir artiste. On peut devenir artiste à n'importe quel âge. En choisissant cette voie, on a envie d'être libre, de ne pas subir sa vie dans un parcours tout tracé, de vivre en accord avec ses valeurs et ses passions, de se créer une vie sur mesure, de ne rien devoir à personne, de se challenger, de se lancer des défis, de sortir de sa zone de confort, de se prouver qu'on est capable de vivre de et avec son art, de libérer son esprit, de vivre libre tout simplement, de ne pas vivre en mode 'conditionné', d'être cohérent avec la personne que l'on est, de s'écouter, de satisfaire le besoin de créer, de s'exprimer,

de s'évader de l'ordinaire, de se construire une autre vie.

Vous voyez, les raisons qui nous poussent dans le domaine artistique peuvent être nombreuses, et toutes aussi valables les unes que les autres.

Une fois cette étape franchie, vous pouvez commencer à créer votre personnage. Vous pouvez aussi expliquer comment et pourquoi il-elle a découvert qu'il-elle était un artiste. En général, cela vient à soi comme une évidence.

Les artistes ne sont pas des personnes maudites ni des êtres torturés, comme le laisse supposer la tradition, notamment avec certains poètes. Un artiste est un créateur, un artisan dans son domaine. L'art sert à tellement de choses. Vous posez aussi vous poser la question suivante : à quoi sert l'art ? En tout cas, il peut devenir une thérapie. Vous pouvez aussi, dans votre histoire, explorer cette fonction de l'art. L'art est une force, et c'est un point que l'on devrait pouvoir lire dans votre texte.

Mon texte

Aurélie a commencé à jouer d'un instrument tardivement, à 35 ans en fait. Elle s'est mise à la guitare, car financièrement, cet instrument était accessible. Elle, elle aurait voulu apprendre à jouer du piano. Mais, le piano, ça coûte cher et c'est encombrant quand on vit dans un deux pièces. Elle aurait voulu apprendre étant enfant, mais ses parents avaient été clairs à ce sujet. Ils n'avaient pas les moyens de ce genre de dépenses.

Ne pas faire de musique enfant avait frustré Aurélie au-delà du possible. Elle sentait les cordes du piano vibrer en elle. Elle aimait écouter Mozart ou Beethoven et se fondre dans l'orchestre, comme si elle en avait été l'une des professionnelles. Alors, elle bougeait ses doigts sur la table comme pour mimer un cours de piano.

Mais, cela énervait ses parents. « Tu n'as rien d'autre à faire », la serinaient-ils. Elle avait alors pris l'habitude de se cacher pour jouer de son piano imaginaire. Ses doigts couraient sur les touches blanches et noires. Pour l'occasion, elle fermait les yeux et à la fin de son morceau, elle pouvait entendre les applaudissements de la salle. Elle était devenue une artiste accomplie, bien sûr, qui se produisait dans les plus grandes salles du monde.

Aurélie aurait pu aussi devenir la pianiste de nombreux interprètes renommés, en France ou à l'étranger. Comme celle de Billie Holliday ou de certains chanteurs de jazz. Elle ne serait pas contentée de ne jouer que des morceaux classiques. Loin de là. Elle aurait essayé tous les genres sur ses touches. Elle aurait creusé toutes les possibilités offertes par l'instrument.

Un soir de Noël, elle reçut en cadeau un piano miniature de la part de ses parents, ce qui l'avait humiliée au plus haut point. Eux avaient bien ri, elle, pas du tout. Elle ne l'avait jamais touché, de peur d'être ridicule.

Les rêves d'enfance d'Aurélie sont restés collés à son piano imaginaire, car ses parents n'ont pas souhaité non plus qu'elle fasse d'études. Elle était trop rêveuse à leur goût et a dû prendre le premier emploi qui se présentait à elle. Elle est donc devenue dactylo, puis secrétaire, puis assistante de direction – métiers qu'elle n'a jamais appréciés.

La retraite sonnant à sa porte, elle réalisa son rêve. Elle s'offrit un magnifique piano droit en bois pour ses soixante ans. Contre l'avis de tous dans sa famille, elle prit des leçons de piano. Elle en prenait soin de son instrument, comme un bébé. Elle le chérissait. Il représentait tout à ses yeux.

Apprendre la musique et le solfège à son âge n'était pas chose aisée, mais c'était un tel délice qu'elle dépassait la douleur qu'elle ressentait dans ses doigts. Un événement miraculeux se produisit à l'aube de ses 65 ans : elle donna son premier concert.

Proposition d'écriture N° 27 : insérer 10 mots

Consigne :

Cette consigne consiste à insérer les 10 mots suivants :

Reggae/ helvelle/ passe-pied/ perlot/ faisan/ ornière/ simonie/ grivois/ diplopie/ bride

A vous d'insérer ces mots dans une histoire. Vous n'êtes pas obligé de les utiliser dans l'ordre d'apparition.

Mes conseils

Sans doute, certains de ces mots vous sont inconnus. Je les ai choisis en ouvrant le dictionnaire au hasard. Je trouve qu'il est toujours plaisant de découvrir de nouveaux mots et de se les approprier. La langue française est si riche qu'il serait fort dommage de s'en priver !

Toutefois, si vous ne souhaitez pas chercher le sens de certains de ces mots, je vous les propose :

- Une helvelle : c'est un genre de champignon dangereux comportant un chapeau lisse.
- Un passe-pied : c'est une danse traditionnelle gaie et vive, sans doute originaire de Bretagne.
- Un perlot : c'est une petite huître pêchée sur les côtes de la Manche en Normandie.
- Une simonie : c'est la volonté d'acheter ou de vendre une chose spirituelle, comme des biens spirituels, des sacrements, des charges ecclésiastiques ou des services annexes.
- Grivois : cela peut être une personne d'une gaieté licencieuse, qui raconte des histoires osées, ou une personne aux mœurs libres.

- <u>La diplopie</u> : c'est la perception de deux images pour un seul et même objet. En quelque sorte, la personne voit double.
- <u>Une bride</u> : c'est aussi bien la pièce de harnais à la tête d'un cheval pour le diriger que les liens qui permettent de retenir un bonnet, comme ceux que portaient les jeunes filles et les femmes dans des temps plus anciens. On pourrait aussi considérer que ce peut être une des formes verbales du verbe « brider ».

Je pense qu'il est important de réfléchir au contexte dans lequel on veut écrire son histoire. Autrement, on prend le risque d'aller dans tous les sens. Or, pour qu'une histoire tienne la route et soit agréable à lire, on doit savoir où on va. Surtout qu'avec les mots proposés, beaucoup de directions sont possibles.

On peut choisir un décor naturel, ou prendre un objet comme personnage principal, écrire un fable sur le modèle de

Jean de La Fontaine. Je suis sûre que cela fonctionnerait bien avec les mots proposés. Quant à moi, j'ai choisi un des objets comme personnage principal. J'aime bien, de temps à autre, faire parler les objets et leur donner une contenance humaine. Je me mets dans la peau d'un conteur qui raconte son histoire lors d'une veillée, assis au bord de la cheminée, dans des temps anciens.

Je dois vous avouer que je me suis bien amusée à inventer cette histoire.

Mon texte

Je m'en vais vous raconter une sacrée drôle d'histoire, mais pas du genre grivoise tout de même. J'ai encore un peu de décence en moi, même quand j'ai un coup dans le nez. Bref, mon histoire, c'est celle du perlot, cette petite huître que vous autres ramassez sur les plages quand la marée est bien basse. J'vais pas me brider pour vous la conter. Telle que je l'ai entendue un jour sur un chemin de la bouche vraie d'un camelot.

Ce perlot se prenait pour une femme. La bestiole voulait sortir de sa coquille ; elle en avait bien marre de se trouver enfermée là-dedans à attendre d'être bouffée par vous autres. Elle voulait échapper à son sort funeste, en quelque sorte. Elle avait soif de liberté. Comme nous autres, quoi.

Alors, un matin, que vous autres roupilliez encore, elle se fit la malle de sa protection et se mit à danser un passe-pied. C'est ben une danse normande, quand bien même on nous rabâche que c'est une bretonne.

Bref, v'la-ti-pas que notre bestiole faisait ben la maligne et qu'elle a pas vu qu'elle tombait dans une grosse ornière, de celle laissée par une charrue après une grosse pluie. Un chasseur, passant par dans le coin, vit de l'animation dans la flaque. Il commença à ajuster son fusil pour tirer sur la bête. Mais, le problème, c'est qu'il souffrait de diplopie. Ouais, je sais, c'est un sacré mot savant, j'en suis pas peu fier. Il voyait tout en double, quoi. Fallait pas se trouver dans son champ de tir, ou alors on se prenait une balle dans le troufion. Il croyait, cet imbécile, qu'il y avait un faisan qui picolait la flotte. Bon dieu de bon dieu, c'est lui qui avait trop picolé la veille au soir. Il avait pas encore dessoulé au petit matin. Il s'en revenait chez sa vieille et pour se faire pardonner d'avoir déserté le lit conjugal, il voulait ramener de quoi bouffer.

Mais, en s'approchant, il vit rien du tout. Et surtout, il écrasa avec son gros godillot le pauvre perlot qu'avait rien demandé. Tout colère, il alla dans le bois tout proche ramasser des champignons. Comme il était bien bourré, il a pas vu ce qu'il avait ramassé, des helvelles. En rentrant chez lui, il déposa les champignons sur la table. Sa femme, tout heureuse de le voir sain et sauf, cuisina ces fameux champignons, tout en écoutant du reggae. Je sais, vous savez pas ce que c'est. Ben, c'est une musique qui vient des îles. Alors, elle, la vieille, elle se trémoussait le popotin et servit son mari, mais ne mangea pas les helvelles. Il y en avait pas assez pour deux. Pis, d'un coup, le vieux soulard tomba par terre, inanimé. La vieille cria tout son soûl, ameutant les voisins. Son vieux était crevé. Elle avait rien vu venir. Y en a un qui appela les gendarmes, mais comme c'est le vieux soulard qui avait ramassé les champignons, elle fut pas accusée. Mais, les jours suivants, on la vit souvent à l'église du patelin, prier, prier, à en avoir mal aux genoux, faisant preuve se simonie. Le bruit court qu'elle offrait de l'argent au curé pour racheter l'âme de feu son mari. Mais, y a pas que le pognon qu'elle offrait, si vous voyez ce que j'veux dire…pour ce que j'en dis…les gens sont quand même mal intentionnés !

Proposition d'écriture N° 28 : le mythomane

> **Consigne :**
>
> Dans l'histoire que vous allez écrire, votre personnage est mythomane.
>
> Votre personnage ment donc effrontément à tout le monde, sur tout et n'importe quoi. Faites réagir les autres personnages qui ne sont pas dupes de sa mythomanie.
> Vous pouvez imaginer un contexte ou vous baser sur une situation vécue.

Mes conseils

On s'entend bien sur le terme de 'mythomanie'. Il s'agit d'une personne qui raconte des faits imaginaires, tout en les présentant comme réels et qui finit par croire ses mensonges. Cette personne fabule et s'attribue un rôle flatteur dans les récits qu'elle invente. C'est bien évidemment un trouble pathologique lié au mensonge.

Vous l'aurez compris, la mythomanie est autre chose qu'un simple mensonge. Entre nous, les hommes et les femmes politiques, de tous bords et de tous temps, sont à mes yeux les plus grands menteurs et les plus grands manipulateurs. Sans parler des dictateurs. Ils nous en font avaler des couleuvres, ces gens-là.

Ce sont en général des histoires qu'on aime lire, qui nous font sourire, voire rire.

On en connaît, dans les faits divers, des hommes mythomanes, qui ont ensuite soit fui, soir tué leur famille, pour échapper à leurs pyramides de mensonges, devenus impossibles à vivre.

Beaucoup de personnes mythomanes rendent la vie infernale à leur entourage ou peuvent aussi détruire leur famille, ou se détruire, de tous les points de vue possibles.

Pour écrire ce genre d'histoire, je peux dire que plus c'est gros, plus ça passe. Il ne faut pas avoir peur de faire dans le ridicule. Vous n'êtes pas non plus obligé de raconter une histoire comique, car beaucoup de mythomanes ne vivent pas dans la joie. C'est une forme de souffrance.

A vous de voir sous quel angle d'attaque vous choisissez d'écrire votre histoire. Pour ma part, je fais parler une femme qui s'est fait arnaquée en beauté par son mari.

Mon texte

Je m'appelle Rosa et j'ai épousé Mario en 2020. Funeste année avec ce Covid qui nous a tous confinés. Enfin, maintenant le Mario en question est devenu mon ex-mari. Mon histoire avec lui a duré trois ans, mais ce fut trois ans de galères en tous genres. Je suis en train d'écrire un livre de mes histoires conjugales, sur ma relation avec un mythomane, dans le seul but d'alerter les femmes sur ce genre de mecs toxiques et dangereux.

J'ai tout perdu en ces quelques années de mariage. Il me reste ma liberté et mon courage pour redresser la barre. Je n'ai rien vu venir. J'ai été aveugle, aveuglée par l'amour fou que je portais à ce mec. J'ai fini par découvrir que mon mari me mentait continuellement. Tout ce qu'il a pu me raconter, tout était faux. De la pure invention. Le pire, c'est qu'il ne se trompait jamais dans les dédales de ses mensonges.

Ma vie, pendant les trois ans de vie conjugale, a été une vrai saga, digne des plus grandes séries Netflix. Croyez-moi sur parole. Je peux dire que cette histoire d'amour avec Mario a été rocambolesque, car j'ai mis du temps à me rendre compte et à comprendre que je vivais aux côtés d'un menteur pathologique.

J'ai donc rencontré Mario en mars 2020, sur une application de rencontre. On était confinés, et j'ai été séduite par ses belles paroles. On discutait tous les soirs, puis plusieurs fois par jour. Je vivais seule alors, après un divorce douloureux quelques années auparavant. J'ai cru à ses beaux discours et à ses projets grandioses.

Dès la fin du confinement en mai 2020, Mario est venu emménager chez moi, sans que je le lui propose. Cela aurait dû m'alerter. Quelques semaines plus tard, il m'a proposé d'acquérir ensemble un bien immobilier. Je trouvais que c'était une bonne idée, à trente-cinq ans, de sauter le pas et de devenir propriétaire. Il m'affirmait qu'il avait 70,000 euros sur son compte en banque. Pourquoi ne pas le croire ? Mais, réflexion faite, il ne m'a jamais fourni aucune preuve.

Il faisait des recherches sur des sites immobiliers sur internet et me montrait des appartements alléchants. Un soir, il m'affirma avoir fait une offre sur un bien. Je lui faisais confiance et lui donnait mes 30,000 euros que j'avais mis dix ans à économiser.

Mais en effectuant quelques recherches, je me suis rendu compte que l'appartement n'était plus sur le marché. Je me suis dit que l'agence avait retiré l'annonce. Rien de plus normal puisqu'on allait signer dans quelques mois. L'affaire en resta là, car il trouvait toujours de bonnes excuses quand je lui posais des questions. Je le croyais naïvement. Ce fut la première promesse non tenue d'une longue série de promesses. Mario me fit ensuite miroiter une voiture, ou encore un voyage à Londres, bien sûr sans jamais tenir parole. Avec lui, il y avait toujours une excuse. Mais, malgré cela, je l'ai épousé en février 2021, le jour de la saint Valentin. J'attends encore le voyage de noces ! Soi-disant aux Maldives…

Je ne savais même pas quel était son vrai métier. Il avait utilisé un faux numéro de Sécurité Sociale et une fausse carte d'identité bien sûr. Au fil des mois, je me suis aperçue qu'il n'avait jamais eu de sœur comme il le prétendait, qu'il avait été marié deux fois et non pas une selon ses dires et qu'il n'était pas vice-président d'une entreprise de condiments antillais, mais tout simplement cariste dans un entrepôt d'Amazon.

Mythomane dans l'âme, Mario prétendait aussi qu'il avait un compte offshore bien garni, certainement avec mon argent. Il avait aussi un passé de footballeur ainsi qu'un doctorat, mais en quoi ? Je ne le sais toujours pas. En réalité, il n'a jamais joué au football car il n'y connaissait rien, encore moins que moi. Bien loin de l'opulence que laissait présager un compte offshore dans un paradis fiscal, il vivait dans une roulotte et parfois dans sa voiture, avant de s'inviter chez moi.

Ce n'est pas fini. En ma présence, Mario faisait semblant de passer des appels à sa soi-disant entreprise de condiments, ou à sa famille, alors que ses deux frères avaient coupé les ponts avec lui depuis fort longtemps. Plus glauque encore, cet homme s'est permis d'évoquer la mort de la fille de son ex-femme me poussant à lui donner de l'argent pour les funérailles, alors que la jeune fille en question était bien vivante.

Peu à peu, j'ai fini par tirer les fils de cette histoire, un par un et les découvertes se sont accumulées. J'ai découvert, par le plus grand des hasards, que cet homme avait été arrêté pour violation de domicile en se faisant passer pour un policier. Vous l'aurez compris, Mario était le champion des dissimulations en tout genre. Je vous épargne les sextos qu'il a échangés avec de nombreuses femmes, tout en vivant avec moi et en ayant des relations sexuelles débridées avec moi.

Je vous rassure, je me suis lassée de sa litanie de mensonges et j'ai trouvé la force de le chasser de chez moi, en prenant bien soin de changer toutes les serrures. J'ai finalement demandé le divorce et je n'ai jamais récupéré les fonds que je lui ai versés. J'avoue que j'ai cruellement manqué de discernement dans cette relation, c'est le moins que l'on puisse dire. Cet homme m'a séduite, m'a dépouillée grâce à ses mensonges. Un mythomane de haute voltige !

Proposition d'écriture N° 29 : un tricheur

> **Consigne :**
>
> Le personnage que vous imaginez est un tricheur ou une tricheuse.
> Cela peut être à l'école, à un examen, au permis de conduire, ou dans tout autre situation.
> Votre histoire peut être inventée ou s'inspirer de faits réels.

Mes conseils

Un tricheur, par définition, est une personne qui s'affranchit des règles ou des interdits, pour gagner à un jeu par exemple ou gagner sa liberté. L'art en général s'est souvent inspiré de personnages tricheurs, comme dans le célèbre tableau du Le

Caravage, surnommé « Les Tricheurs » ou dans celui de Georges de La Tour, intitulé « Le tricheur à l'as de carreau ».

La littérature, avec les pièces de théâtre et les romans, n'est pas en reste en matière de personnages tricheurs. Sacha Guitry, par exemple, a écrit « Mémoires d'un tricheur » en 1935. La littérature décrit si bien ce genre de personnages. Sacha Guitry, dans son roman, nous livre un savoureux portrait d'un tricheur ingénieux et transformiste.

Pour écrire votre histoire, il va falloir sans doute vous poser la question pourquoi votre personnage triche. Pour tricher, il nous faut des motivations légales ou illégales. Cela peut être une soif de victoire, où il est impossible d'envisager la place de deuxième. Cela peut relever d'une blessure d'amour-propre, voire une fêlure narcissique qui rend ingérable le fait de perdre au jeu. Votre personnage, en tout cas, pour une raison ou une autre, ne veut pas perdre la face devant les autres ; il en va de son estime personnelle et de sa fierté.

Qui n'a jamais essayé d'enfreindre les règles juridiques ou morales, la loi en vigueur, en faisant semblant de les respecter. La tricherie est partout. On a tous eu vent de scandales qui ont éclaboussé le monde du sport, des affaires, de la politique, etc.

La triche semble donc faire partie de la nature humaine, mais elle peut prendre des formes multiples et avoir divers degrés de gravité. C'est cela que vous aurez à déterminer pour que votre histoire soit plausible.

Ne dit-on pas, d'ailleurs, qu'un Pinocchio sommeille en chacun et chacune de nous ? Tricher implique de mentir. Toute personne espère, au plus profond d'elle-même, ne jamais se faire pincer en pleine tricherie.

Mon texte

Vous ne connaissez sans doute pas Richard Marcus. Pourtant, son nom devrait vous être familier, du moins je le pense. C'est l'un des plus gros et meilleurs tricheurs de la ville des jeux, Las Vegas aux Etats-Unis. Si vous connaissez son nom, c'est que vous vous souvenez de ses prestations d'acteur dans les années 1980 et de sa dernière apparition dans la série « 24 heures chrono ».

Dès son enfance, Richard Marcus adorait parier sur tout, même en sachant à peine parler. Cette situation amusait fortement ses parents, béats devant les prouesses de leur fils, sans se douter un seul instant de la suite de l'histoire. A quatre ans, il pariait sur la couleur de la voiture qui allait croiser leur route.

Le garçon ne s'est pas arrêté en si bon chemin. Il a commencé à trafiquer les cartes de baseball que tous les garçons américains collectionnaient et s'échangeaient dans la cour de l'école. Le jeune Richard y a vu autre chose qu'un simple jeu. Son but était d'accumuler le plus de cartes possible. Il développa une nouvelle passion, qui excita la jalousie des autres enfants, qui refusèrent de se laisser berner aussi facilement.

Ils mirent au point une stratégie pour récupérer des cartes, en trichant de temps à autre. C'est ainsi qu'ils reprirent la totalité des cartes de baseball de leur adversaire, sans que Richard ne se rende compte de l'arnaque.

Une fois devenu lycéen, notre héros du jour découvrit le craps, un jeu typiquement américain, aux règles très particulières, que je ne développerai pas dans cette histoire, n'y comprenant rien. C'est devenu la nouvelle passion de notre lycéen. Il commença à y jouer pendant les pauses de la journée, notamment au déjeuner où il disposait de plus de temps.

Il devint ainsi un joueur compulsif, jouant en permanence à ce jeu. Richard proposait des parties à tout le monde au lycée, dans sa ville, dès qu'il avait une minute de libre. Il joua, même avec des inconnus, à partir du moment où ceux-là plaçaient des paris.

L'école n'a jamais été la priorité de Richard ; il avait déjà fort à faire avec le jeu auquel il s'adonnait. Il a quitté les études sans regret. Pour lui, rester assis à l'école à écouter les professeurs était une perte de temps. Pour combler ses journées, il passait son temps à parier. Il a ainsi découvert d'autres formes de 'gambling' et il a passé ses journées entières à améliorer ses techniques. Il pariait sur les courses hippiques, un classique du genre, sur les courses de voitures, de motos et de véhicules en tous genres, comme seuls les Etats-Unis savent en organiser.

Richard a développé peu à peu un talent et des compétences fort intéressantes. Il ne lui restait plus qu'à tâter du casino. Un après-midi, il a gagné 20 000 dollars et il s'est mis en tête qu'il pouvait devenir riche rien qu'en jouant et en pariant. Il s'est alors rendu, pour la première fois, à Las Vegas, avec l'idée de faire fructifier ses gains. Sauf que la réalité l'a bien sûr rattrapé et il a tout perdu rapidement, après être monté jusqu'à 100 000 dollars.

Il s'est retrouvé sans un sou dans la capitale du vice. Il s'était vu en haut de l'affiche des casinos…un peu trop tôt san doute. Il a vécu alors des mois difficiles, et a dormi sous les ponts, n'ayant pas les moyens de se payer un logement.

Richard en a voulu longtemps aux casinos. Il était sûr que ces derniers usaient de techniques pour faire perdre leurs clients. Vous vous en doutez, pendant cette période dans la rue, il a ruminé sa vengeance et sa revanche.

Il n'avait nulle intention de croupir dans la rue toute sa vie. Aussi, il a fini par accepter un job de croupier pour les jeux du blackjack et de baccarat. Il est entré dans la gueule du loup. Cela lui a bien sûr permis d'apprendre les rouages du métier et de se familiariser avec l'envers du décor. Il est devenu ami avec certains croupiers, qui ne se sont pas méfié de lui et qui lui ont révélé certaines astuces et techniques pour soutirer de l'argent aux joueurs alcoolisés ou moins prompts à réagir.

Richard a emmagasiné tous les trucs pour les utiliser plus tard à son avantage face au casino. En tant que croupier, il s'est familiarisé avec les joueurs qui cherchaient à tricher ou à manipuler les autres moins expérimentés. Un certain tricheur renommé, Joe Classon, a rusé pour tirer profit des compétences du jeune croupier plutôt que de l'affronter. Ce dernier a tout simplement proposé à Richard de rejoindre l'équipe professionnelle de tricheurs, sous la coupe de ce fameux Classon. Notre héros a juste utilisé une idée simple mais infaillible pour tricher. Ce qu'il a fait et il a fini par rejoindre l'équipe de tricheurs après avoir gagné quelques milliers de dollars, en suivant les conseils avisés de Classon.

Je ne vais pas m'étaler dans mon histoire sur les techniques utilisées par Richard pour tricher. Il avait un rôle à jouer dans l'équipe, il l'a tenu avec brio. C'est à cette période qu'il a compris que la tricherie au casino était sa vocation.

Comme tout bon tricheur, Richard a fini par être banni de tous les casinos de Las Vegas. Tous les membres de son équipe étant embarqués dans la même galère, ils ont tous décidé de partir pour un tour du monde... des casinos, bien sûr pour une durée de vingt ans. Pendant ce laps de temps, ils ont dépouillé tous les casinos de la planète, en se jouant de la sécurité et de l'avancée progressive des technologies de surveillance.

La carrière de tricheur de Richard s'est arrêtée le 31 décembre 1999, car il avait pris une résolution d'arrêter tout ça, la sécurité se renforçant dans les casions. Il avait quand même amassé cinq millions de dollars. Il a alors publié un livre « American Roulette » en 2004. J'ai oublié de vous signaler que pour continuer à jouer partout dans le monde, il a volé de multiples identités.

A ce jour, Richard Marcus est considéré comme le plus grand tricheur de l'histoire, sans jamais se faire attraper une seule fois. Il a eu raison d'arrêter avant que le numérique ne s'introduise dans la tricherie. Désormais, c'est de la tricherie de haute technologie avec les téléphones portables, les algorithmes et avec des caméras planquées même dans les manches des croupiers.

L'histoire de ce tricheur invétéré qu'est Richard Marcus est digne d'un roman, vous ne trouvez pas ? Cette histoire est bien réelle, soyez-en assurés !

Proposition d'écriture N° 30 : l'hiver à l'honneur

Consigne :

On met toujours à l'honneur le printemps. Mais, l'hiver est aussi une belle saison à mettre à l'honneur.
Dans votre texte, historie, poésie, haïku, vous mettrez à l'honneur l'hiver en termes positifs, en le valorisant, en décrivant tout ce qui vous plaît pendant ces quelques mois.

Mes conseils

J'aime à réfléchir à une proposition d'écriture avant de m'y attaquer directement. Pour moi, l'hiver rime avec chocolats chauds, feux de cheminée qui crépitent joyeusement, films de Noël, cocooning avec une couverture polaire bien calée sur mon canapé. L'hiver, c'est aussi une belle saison que d'aucuns apprécient en se rendant aux sports d'hiver, profitant des plaisirs de la neige et de la montagne.

Les saisons sont souvent très présentes dans les romans, car elles ancrent certaines scènes dans une atmosphère bien particulière. Pour un lecteur, c'est essentiel de savoir à quelle saison a lieu l'intrigue, car c'est une façon simple et efficace de créer une atmosphère susceptible de captiver le lecteur en question.

Un lecteur doit pouvoir frissonner en plein été si l'intrigue de votre histoire se déroule en plein hiver.

Si vous ne savez pas par où commencer pour écrire une histoire sur l'hiver, commencez par imaginer un personnage qui admire la neige de chez lui ou qui se trouve dehors. Terminez votre histoire avec le même personnage qui aura eu l'audace de marcher sur une surface gelée, ce qu'il n'avait jamais fait de sa vie.

Vous pouvez commencer votre histoire par cet incipit classique : « c'était une nuit d'hiver sombre et orageuse… ».

Vous pouvez aussi écrire l'histoire d'une personne qui trouve quelque chose d'intéressant sortant d'un banc de neige en train de fondre. Vous pouvez tout aussi bien commencer par tout ce que l'hiver évoque en vous, notamment avec vos souvenirs d'enfance. Vous pouvez aussi imaginer un conte de Noël, qui se prête bien à la consigne.

Mon texte

Loin, très loin d'ici, dans un pays nommé Oupland où il faisait toujours beau et chaud, même en hiver, vivait un petit garçon prénommé Jack. Dans le pays de Jack, les habitants n'avaient pas de parapluie chez eux, car il ne pleuvait que très rarement. Les enfants s'amusaient, allaient à l'école, sans gros manteau, y compris l'hiver. Peu importe le jour de l'année, les habitants pouvaient être sûrs que le soleil brillerait. C'était un pays où il faisait bon vivre.
Jack grandit auprès de sa maman Carolina et de son papa Joe, dans une grande maison près d'une grande forêt. Jack avait aussi une petite sœur qui s'appelait Heather.
Un jour, après avoir joué avec sa sœur pendant toute la journée dans le parc voisin, Jack demanda à sa maman de lui raconter une histoire. Carolina n'avait pas d'idée, alors elle monta dans le grenier de la maison, héritée de ses grands-parents, où se trouvaient de très vieux livres. Elle en choisit un dont le titre était « Douce neige », et redescendit dans la chambre des

enfants. Carolina installa Heather et Jack dans leur lit et leur demanda :
—Etes-vous prêts pour une histoire ?
Les deux enfants répondirent par l'affirmative, impatients d'entendre une nouvelle histoire, alors Carolina commença la lecture.

L'histoire se passait il y a très longtemps. En plein milieu de Oupland, une petite fille prénommée Ava avait un petit chat qui s'appelait Fripouille. Tous les jours, Ava sortait de chez elle avec son petit chat. Fripouille avait un don : il pouvait prédire le temps qu'il allait faire. Par exemple, si le chat passait sa patte derrière son oreille, Ava en déduisit qu'il allait pleuvoir.
Un beau jour, alors que Ava s'amusait avec son meilleur ami, elle aperçut au loin son petit chat. Il était en train de se passer les pattes dernière les oreilles et de se rouler par terre.
—Mais qu'est-ce que tu fais mon petit Fripouille ? se demanda Ava.
Elle n'avait jamais vu son chat faire ça, ce qui l'inquiéta pour le reste de la journée. Quel temps allait-il donc faire le lendemain ?

Le lendemain matin, quand elle se réveilla et qu'elle regarda par la fenêtre, elle vit que tout était blanc dehors. C'était comme dans un rêve. Une vision féérique s'offrait à ses yeux éberlués. Elle pensa un instant avoir télétransportée dans un autre monde.

Tous les sapins, toutes les routes, tous les toits des maisons étaient blancs. Elle courut vers sa maman et lui demanda :

—Maman, maman ! Pourquoi tout est blanc dehors ?

La maman de Ava sourit, et lui répondit :

—C'est de la neige, ma chérie. Pendant l'hiver, dans d'autres régions de notre beau pays, il neige souvent. Si tu veux, tu peux aller courir et t'amuser dans la neige. Mais attention, il faudra bien t'habiller car il fait froid.

Ava enfila un manteau plus chaud que celui qu'elle portait habituellement et un bonnet qu'elle trouva au fin fond de son placard, prit son chat Fripouille sous le bras et alla courir dans la neige.

—C'est tellement doux la neige, regarde Fripouille ! On peut faire des boules, on peut se rouler dedans ! C'est magique, tu ne trouves pas ?

C'est alors qu'elle comprit que son chat avait su la veille qu'il allait neiger. Lorsque Fripouille se passe les pattes derrière les oreilles et qu'il se roule par terre, c'est qu'il va neiger, se dit-elle en son for intérieur.

Mais, Ava ne comprenait pas pourquoi c'était la première fois qu'il neigeait dans sa région depuis qu'elle était née.

A cet instant de l'histoire, Heather et Jack demandèrent à leur maman :

—Maman, pourquoi il ne neige plus jamais chez nous ?

Carolina leur répondit qu'un jour un énorme dragon était venu à Oupland et avait craché du feu sur toute la neige et sur tous les nuages.

—Depuis, il n'y a plus de nuage, quasiment plus de pluie ni de neige à Oupland. —Que c'est triste ! s'exclama Heather, comment pouvons-nous faire pour que la neige revienne ?

Carolina regarda ses deux enfants et sourit :

—Demain, je vous raconterai une autre histoire qui fera venir la neige. Mais pour l'instant, il est l'heure de dormir et de rêver à la neige… c'est peut-être le meilleur moyen de la faire venir…

Mon deuxième texte

Il neige ! Il neige ! Les flocons font les fous !! Dans le jardin, la nature avait disparu, sous un tapis de sucre glace !
Je regardais par la fenêtre : les enfants en bonnets rouges et verts et moufles bariolés, jouaient sous les blanches étoiles. Leurs joues étaient roses de plaisir et leurs pieds s'enfonçaient dans un craquement délicieux, dessinant de jolies empreintes de bottes. Une envie irrésistible me fit enfiler mon manteau et rejoindre les charmes de l'enfance.
Il neige ! Il neige ! Je courus et fis la folle dans cet univers immaculé ! Soudain, je me sentis bizarre. J'eus le vertige et j'étais glacée ! Des petites mains emmitouflées étaient en train de me rouler dans la poudreuse et je grossissais à vue d'œil !

Près du grand sapin givré, je suis installée. Je crois bien que j'étais en train de devenir... UN BONHOMME DE NEIGE !!!

J'avais un ventre bien dodu... Ma tête tournait ! Oh là là ! Elle dodelinait dangereusement ! Ça y est, elle était rétablie sur mon corps rebondi !

Je ne voyais plus rien ! Au secours ! J'étais devenue aveugle !

Aïe ! Aïe ! Des doigts venaient de s'enfoncer sous mon front ! On m'a fixé deux gros boutons noir charbon à la place des yeux. La vue est revenue et j'aperçus trois adorables enfants qui me regardaient avec admiration.

Je commençai à avoir froid mais je n'avais pas de nez pour éternuer ! C'est comme si j'avais été entendue : me voici affublée d'une jolie carotte orange...

J'aurais voulu dire merci, mais je n'avais pas de bouche ! Sitôt dit, sitôt fait : et voilà mon sourire aux couleurs de fraises Tagada... J'étais plutôt réussi...

Pour compléter ma tenue, une écharpe bigarrée s'est nouée autour de mon cou et je portais un chapeau haut de forme !

Les enfants faisaient une ronde autour de moi en chantant des comptines d'hiver...
J'étais une star et cela me plaisait bien !
On appela les enfants : c'était l'heure du goûter. Je me retrouvai seul désormais, pauvre petit bonhomme abandonné !
Avec angoisse, je pensais à la nuit qui allait tomber et je frissonnais, sous mon grand sapin.
Et si demain, le soleil brillait, je fondrais sûrement en larmes !
A moins que le père-Noël m'emmène au Pôle-Nord pour y rejoindre mes frères et mes sœurs !!

Proposition d'écriture N° 31 : un souvenir de Noël

Consigne :

Vous allez raconter un souvenir de Noël, un souvenir de votre enfance, un souvenir qui vous concerne ou concerne un membre de votre famille.
Votre souvenir peut être positif ou négatif. Ce qui compte, c'est votre récit.
Vous n'êtes pas obligé de raconter un vrai souvenir.
Vous pouvez parfaitement inventer un souvenir si vous ne souhaitez pas raconter un des vôtres.
L'utilisation de la première personne du singulier ici est fortement requise.
Vous pouvez aussi raconter votre souvenir sous forme de conte.

Mes conseils

La plupart d'entre nous aimons Noël. C'est une super occasion de se retrouver en famille, avec des personnes qu'on n'a pas vues depuis longtemps. Nous adorons décorer la maison et redonner un peu de gaieté durant la saison hivernale. Les enfants attendent cette période avec une grande impatience, voire une effervescence difficilement contenue.

On prend le temps de préparer des spécialités hivernales, des cookies spécial Noël, ou des biscuits en pain d'épices. On en salive par avance. C'est génial de s'offrir des cadeaux, de faire plaisir aux uns et aux autres.

Normalement, Noël est une période magique avec la famille où tout le monde déguste de bons petits plats.

Pour parvenir à écrire cette histoire de souvenirs, le mieux est de choisir un moment fort et d'expliquer pourquoi ce moment a tant compté pour nous. Il est toujours important s'inclure ses ressentis (bonheur, joie, motion, tristesse ou colère) et ses émotions du moment.

Bien sûr, le texte sera composé à la première personne du singulier ou du pluriel.

Vous pouvez raconter un souvenir drôle, cocasse, ou émouvant, voire plus dramatique.

Cela peut être un jouet qui vous a fait tant rêver. Cela peut être le souvenir de la bûche écœurante de Mamie, maintenant décédée, mais qui vous fait rire. Le souvenir d'un cousin qui ne reçoit qu'un sac de noix et des oranges à Noël, puni de ne pas avoir assez bien travaillé à l'école.

Vous pouvez aussi raconter les habitudes familiales qui font de Noël un moment chaleureux ou rassurant. Ou au contraire ces petites choses qui vous ont toujours agacé ou marqué.

Mon texte

L'année dernière, je suis arrivée en France comme expatriée. L'année précédente, j'avais décidé de m'établir définitivement en France avec mon compagnon français, refusant de vivre au Royaume-Uni sous le règne du Brexit.

C'était la première fois que je fêtais Noël loin de ma famille, c'était très difficile pour moi mais je n'avais pas le choix. Et comme nous avions vécu plusieurs années à Londres, il me tardait de connaître un véritable Noël français, tellement mon compagnon m'en avait vanté les charmes. Je ne fus pas déçue.

J'ai beaucoup apprécié les fêtes de fin d'année en France parce que les Français sont heureux pendant cette période. Ils oublient les tracas et les problèmes survenus durant l'année. Et ils festoient, d'une manière ou d'une autre, quel que soit leur budget. C'est très important pour eux de bien manger et de se faire plaisir à table à Noël notamment.

Pour les Français, c'est un événement très important de prendre des vacances pendant la période de Noël. Ils ne travaillent pas, c'est un jour férié le 25 décembre. De plus, c'est spécial pour eux. Ils aiment passer du temps en famille et pas simplement le jour de Noël.

Ils préparent beaucoup de choses à l'avance : ils achètent le sapin, les décorations, ils achètent aussi beaucoup de sortes de bonnes choses ainsi que des cadeaux pour les enfants et les familles. C'est vraiment différent de mon pays, car chez nous, nous mangeons toujours les mêmes plats à Noël. Je n'ai pas le souvenir d'un changement quelconque du déjeuner de Noël depuis mon enfance.

Beaucoup de familles françaises réveillonnent, c'est-à-dire qu'elles commencent à célébrer Noël le 24 décembre au soir. Dans d'autres régions, cela se passe comme nous, le 25 décembre. Je dois avouer que l'ambiance le 24 au soir est plus festive, notamment avec les guirlandes illuminées du sapin et le repas aux bougies que j'ai adoré.

Je me souviens, la première fois que je suis venue à Paris, j'étais étudiante et l'une de mes amies m'avait invitée pour passer Noël ensemble dans la capitale française. Nous étions face à la tour Eiffel. J'étais impressionnée parce qu'il y avait beaucoup de feux d'artifice multicolores. A cette heure-là, il faisait froid, alors nous nous sommes déguisées en Père Noël, pour participer à la fête et à l'ambiance festive générale. Il y avait beaucoup d'étrangers à

Paris cette année-là. Alors, nous nous sommes habillées tout en rouge aussi, avec des bonnets rouges aussi. Il y avait beaucoup de gens sympathiques tout autour de nous, nous avons pris des photos ensemble. Après nous sommes retournées à l'auberge de jeunesse près du Louvre. L'endroit était bien décoré avec un joli sapin avec des boules or et rouges. Je l'ai adoré. Nous avons passé un beau moment et c'était magnifique. Pour conclure, c'était un beau souvenir de Noël et un moment inoubliable, même si on a mangé des sandwichs ce soir-là, faute d'argent.

Proposition d'écriture N° 32 : un drôle de jardinier

Consigne :

A partir de l'image ci-dessous, vous imaginez une histoire où le décor de la photo y est inséré.

Mes conseils

Il est assez fréquent, en atelier d'écriture, de se servir d'une image pour écrire une histoire. Vous pouvez commencer par bien observer les éléments du décor et écrire quelques phrases, sans réfléchir d'abord, sans décrire non plus, juste en réaction immédiate à l'image.

Puis, prenez le temps de décrire ce que vous voyez, sans faire de recherche de vocabulaire. L'idée est de faire naître les mots, de faire jaillir les idées. Que vous inspire cette photo, peu banale ? Quel est votre état d'esprit en l'observant ? Comment pourriez-vous définir le « personnage » de cette photo ? Quel a été le motif de la personne qui a pris la photo ? Où se trouve-t-on ?

Ecrire à partir d'une photo est une approche différente de l'écriture purement imaginative ou introspective, qui ouvre des portes sur des paysages intérieurs souvent inexplorés.

La photo que je vous propose peut être une scène qu'un jardinier s'est amusée à créer dans son jardin. On n'en connaît pas la raison, mais c'est agréable d'essayer de la deviner. Et lui aussi a dû bien s'amuser à créer ce décor.

L'écriture, à partir d'une photo, est un voyage singulier. Elle nous invite à plonger dans un monde différent de nos habitudes d'écriture, où, très souvent, la mémoire et l'imagination se rencontrent. C'est une exploration qui va au-delà de la simple description : c'est une quête de sens, de liens, de résonances profondes.

Certains d'entre nous éprouveront des difficultés à écrire à partir d'une photo. Dans ce cas, laissez-vous guider en associant librement des idées entre elles, en laissant votre esprit vagabonder. C'est une expérience agréable.

Ecrire à partir d'une photo peut aussi mener vers des écrits extrêmement personnels, voire intimes, en fonction de la photo choisie. Il peut s'avérer donc enrichissant dans le cadre de séances d'écriture thérapeutique.

L'écriture inspirée par une photographie ne se limite pas à une simple transcription des éléments visuels ; elle devient une forme puissante d'écriture thérapeutique. Une photo, par son immobilité silencieuse, détient le pouvoir de débloquer des souvenirs enfouis, d'évoquer des émotions latentes et de révéler des aspects de notre histoire personnelle souvent laissés dans l'ombre.

En somme, écrire à partir d'une photo est plus qu'un simple exercice littéraire. C'est une pratique méditative et introspective, un pont entre l'art visuel et l'art des mots, ouvrant un espace de réflexion et de guérison intérieure.

D'une manière générale, les photos ou les images, voire les dessins, sont des déclencheurs d'émotions et de souvenirs, offrent indéniablement un terrain fertile pour l'écriture et permettent d'explorer des aspects de notre vie réelle ou rêvée.

Mon texte

En triant de vieux cartons dans le grenier de mes grands-parents après leur décès, dans la campagne picarde, le berceau de ma famille, les souvenirs ont afflué en masse, à mon insu. Un des cartons était rempli de photos que mon grand-père, jardinier amateur, avait prises pour s'amuser, à partir des objets qu'il avait sous la main.

Je me souviens très bien de cette photo-là, où il avait fabriqué un bonhomme à partir de trois fois rien. J'avais ri aux éclats, en découvrant la surprise. Je me souviens aussi pourquoi il avait pris cette photo. Il était désespéré à cause du mauvais temps qui sévissait. On pouvait parler d'un printemps pourri cette année-là. Le mauvais temps avait considérablement retardé les plantations et il s'occupait comme il pouvait, loin de la cuisine de ma grand-mère, qui n'admettait pas sa présence lorsqu'elle était aux fourneaux, c'est-à-dire, tous les jours.

Mon grand-père, du plus loin que je me souvenais, avait toujours adoré vivre dehors. Jusqu'à la retraite, il avait travaillé dans le camping en face de chez lui. Il s'occupait de tout, il était l'homme à tout faire. Il ne gagnait pas grand-chose, mais le métier lui plaisait et lui laissait du temps pour s'occuper de son jardin et de son potager.

Grâce aux légumes qu'il récoltait, il se nourrissait pour toute une année. Ma grand-mère passait son temps à cuisiner, à mettre les légumes ou les fruits en bocaux. Pour l'hiver, disait-elle, on mettra du soleil dans nos assiettes.

Mon grand-père passait ses journées dehors, quel que soit le temps, pour le plus grand soulagement de sa femme. Elle, elle passait son temps entre la cuisine et l'entretien de la maison. Telle une fourmi toute la journée, à bosser dans la maison. Ils avaient chacun leur univers.

Tout en observant de plus près la photo, beaucoup de souvenirs ont afflué. J'aimais passer une partie de l'été à la campagne avec mes grands-parents, loin de la ville dans laquelle j'étouffais. Je mangeais de bons légumes, et de bons œufs aussi grâce à leur dizaine de poules. On ne manquait de rien et les visites au supermarché étaient plutôt rares. Quand on voulait manger, soit on allait chercher ce qu'il nous fallait directement dans le potager, soit ma grand-mère ouvrait un bocal de l'été précédent. Elle faisait tout elle-même, les glaces aussi bien que les bonbons. Tout était fait maison.

Et cette brouette qui me tend les bras, j'ai bien envie de la retourner et d'aller bosser dans le jardin de mon grand-père, dont plus personne ne s'occupe hélas. Il est en jachère, envahi par les mauvaises herbes. Tous ces souvenirs ont fait naître en moi un profond désir de passer du temps dans ce coin de Picardie.

Quelques semaines plus tard, j'étais propriétaire de la maison aux souvenirs, ayant payé la part qui revenait à mes frères et sœurs. J'étais bien déterminée à rendre la maison plus confortable et à changer de vie. Il y avait beaucoup de travail, mais cela ne me faisait pas peur. J'ai fait agrandir la photo en question, celle où la brouette me tendait les bras et désormais, elle trône bien en évidence dans la salle de séjour, comme pour rendre hommage à mes grands-parents.

Proposition d'écriture N° 32 : un rêve

> **Consigne :**
>
> Vous racontez un de vos rêves ou vous en imaginez un.

Mes conseils

Il est parfois difficile de nous souvenir de nos rêves. Mais, c'est un entrainement à l'écriture comme un autre. A force de faire l'effort de vous souvenir de vos rêves, ils seront de plus en plus présents à votre réveil.

Le but est de décrire le rêve, non pas de l'interpréter. Ça, c'est la spécialité de Sigmund Freud. Nous sommes bien dans un exercice d'écriture, pas de psychanalyse. En écrivant sur vos rêves, vous allez vous mettre à l'écoute de vos sensations. Voire de vos émotions. Cela doit ressembler à un jeu.

Le rêve est une source primordiale d'inspiration, d'invention de soi et de fiction littéraire. S'entraîner à se souvenir de ses rêves nocturnes pour les noter fait partie de la discipline quotidienne de beaucoup d'écrivains.

Cette proposition d'écriture vous suggère d'explorer votre rapport au sommeil et aux rêves – qui occupent le tiers de notre vie, au moins…

Ecrire ses rêves dans un carnet au réveil développe sa créativité et sa capacité à inventer des histoires par la suite. Pour moi, chaque rêve peut devenir un potentiel sujet de livre, de poème, de nouvelle ou encore de chanson. Écrire ses rêves pour ne pas les oublier est une source inépuisable de nouvelles idées et un super exercice pour développer sa créativité.

Mon texte

Je suis dans une voiture mais je ne conduis pas, il y a un chauffeur que je ne connais

pas, un homme d'environ 40 ans. Nous roulons à vive allure sur une route caillouteuse en ligne droite. Autour de nous, il y a des alternances de sapins et de champs très vastes. Certains de ces champs sont non cultivés et ressemblent à des friches alors que d'autres sont très verts.
Tout à coup, le conducteur prend à gauche toujours aussi vite, le chemin est plus agréable, la route moins cabossée. Dans ma tête, je me dis, je voudrais bien aller tout droit, que c'est dur de changer le cours des choses. Ce sont les mots exacts. Au bout du chemin, il y a un bâtiment, avec de grosses lettres rouges dessus.
Nous descendons de la voiture tous les deux, nous sommes dans la forêt. L'homme me fait signe de le suivre, je me rends compte alors que nous sommes dans un restaurant universitaire qui est en plein milieu de la forêt. Une femme habillée en robe de fête me demande ce que je veux manger, je lui réponds que je veux de la choucroute. Elle me tend une assiette, je la prends et je veux aller m'assoir pour manger, mais la porte de la salle est fermée. Je regarde à travers la porte qui est pourtant en bois, mais il n'y a plus aucune place de

libre, alors je retourne dans la voiture et c'est à ce moment-là que je me rends compte que la choucroute est en fait du couscous, avec les pois chiches qui forment comme un collier de perles tout autour de la semoule.

Mais, je commence à le manger en me disant, « elle est bonne cette choucroute », comme si je pensais à la fois au couscous et à la choucroute. En effet, elle est succulente, mais ce n'est pas ce que je voulais en fait, alors je ne le termine pas. Je pose le tout sur le siège passager, celui où j'étais durant le voyage. Et je cours, je cours vers la route caillouteuse, je me rends compte qu'elle est plus loin que je le pensais. Mais une fois arrivée là, je vois le soleil qui se lève au bout du chemin si inconfortable.

J'ai oublié de dire que tout au long de ce rêve, il faisait jour, mais le ciel était si sombre qu'on se serait cru en plein milieu de la nuit.

Proposition d'écriture N° 33 : le jeu des sonorités

> **Consigne :**
>
> **Vous écrivez un court texte en insérant le plus de mots possibles avec la même sonorité.**
> **Vous choisissez la sonorité que vous voulez : en -ou, en -ule, en i, en -ant, etc.**

Mes conseils

C'est un jeu d'écriture sans fin, très amusant. Le but de cette proposition d'écriture est d'insérer le maximum de mots se terminant par la sonorité de votre choix. Pour y parvenir, vous pouvez vous aider de sites sur internet en tapant « rimes en ... », en inscrivant la sonorité de votre choix.

Le jeu des sonorités est un exercice que l'on retrouve souvent chez les amateurs de slam. C'est même un exercice particulièrement impressionnant. J'aime beaucoup cette habileté pour un slameur ou une slameuse à raconter une histoire en y intégrant beaucoup de rimes et de répétitions, le tout en y donnant un sens.

Les 30.000 mots de la langue française offrent des voies insoupçonnées. Vous ne pouvez que créer un cocktail pétillant en assemblant des mots entre eux en jouant avec les sonorités.

Ce jeu d'écriture peut même faire monter une effervescence d'émotions, rien qu'en s'abreuvant à la richesse de la langue française. Prenez le temps de bien décortiquer les mots. Et comme vous jouez avec les sonorités, n'hésitez pas à dire les mots à haute voix à plusieurs reprises. Cela vous aidera à trouver d'autres mots plus facilement.

La créativité n'a pas de limites. Tout est possible à qui veut jongler avec les mots qui forment notre belle langue.

Vous verrez à la lecture de mon texte quelle sonorité j'ai choisie. Sachez que je me suis amusée comme une petite folle !

Mon texte

A côté du véhicule dans lequel je circule, je vois une tarentule avec plein de tentacules au crépuscule. Je pense que je suis sur la lune, mais non, je n'ai pas encore pris ma pilule. Je vois ensuite ses mandibules bouger.
Je suis sur le cul.
Pour une seule journée, c'est un vrai cumul de choses ridicules.
A mon retour dans ma cellule, j'en fais part à mon voisin, le consul Ursule qui déambule. Par une formule de son cru, il essaie de me convaincre que c'est plutôt une libellule au milieu d'un champ de campanules. Je lui fais part que je ne suis pas aussi nul qu'il le pense. J'acquiesce que j'ai beaucoup de bulles dans ma tête, que ça forme comme un voile de tulle. Mais de là à me prendre pour un nul, quand même !
Je n'aime pas la formule de ce consul. Il ne pense qu'au calcul à longueur de journée. Je me sens comme sur une bascule, ne sachant plus qui affabule. Le consul me congratule tout de même. Il m'accule et je

capitule. Il annule ses propos et je brûle dans ma vésicule de le remettre en selle sur sa mule.

Il me jugule tant bien que mal et je récapitule ses propos.

Entendant la grosse pendule du village sonner, il sort des tubercules de son sac et les dépose dans le vestibule de sa maison. J'ai des scrupules à sortir ma ligule pour aller plus vite. D'un coup, des groupuscules de molécules sautent des plantules pour former des macules sur mon bras. Le tout forme une virgule.

Cela ressemble aux turricules de vers de terre qui trémulent dans des luzules des bois. J'articule un mot puis deux, et je manipule ces cuticules avec précaution. Cela ressemble maintenant à des caroncules. Je déambule dans le jardin, je me désarticule peu à peu comme une crapule avec mon bidule sur le bras.

Tout bascule et je m'accroche aux barbules. En bougeant, ma clavicule se fait sentir et se désopercule. Aïe ! Le sang circule mais j'ai une fébricule. J'ai mangé trop de férules, je vomis, je flocule, je hulule.

C'en est fini de mon rêve ridicule !

Proposition d'écriture N° 34 : un télégramme

Consigne :

A vous d'inventer une histoire à partir du télégramme suivant que vous avez reçu :

« *Petit chien perdu dans la rue- rencontre un chat très méchant- doit échapper à des voleurs de chien- en danger- se cache dans un parc- vole le goûter d'un enfant- retrouve son maître sur l'aire de jeux.* »

Mes conseils

Ce que je trouve fascinant avec l'écriture d'histoires, c'est qu'on se prend facilement au jeu d'inventer de multitudes de détails et de péripéties. C'est une proposition d'écriture qui fonctionne bien et qui se révèle fort plaisante. C'est même un exercice très amusant.

Dans ce cas précis, le télégramme fait office d'incipit. Il donne le contexte de l'histoire. Les éléments présents dans le télégramme doivent se retrouver, d'une manière ou d'une autre, dans votre histoire. Vous devez donc vous appuyer sur les éléments proposés.

Ces quelques éléments vous plongent directement dans un univers bien particulier. Alors, laissez-vous bercer par ces premiers mots et imaginer une suite loufoque …pourquoi pas ?

J'ai quelque peu modifié le dernier élément dans mon histoire, mais cela n'enlève rien au respect de la consigne d'écriture.

Mon texte

Martin est un petit chien aux longs poils marron. Depuis trois jours, il marche tout seul dans la ville car il a perdu son maître. Il a couru derrière des oiseaux et lorsqu'il s'est arrêté, il s'est aperçu qu'il était tout seul... Maintenant, il a peur... Tout à coup, un vieux chat gris et maigre se jette sur lui. Martin est terrorisé. Le chat a des griffes terribles et ses yeux verts brillent méchamment. Pour lui échapper, Martin se met à courir de toutes ses forces. Il arrive dans une avenue calme. Il renifle les endroits pour essayer de reconnaître les odeurs de son quartier... Soudain, une grosse voiture freine juste à côté de lui, un homme en descend et se précipite pour l'attraper. Ce n'est pas son maître, c'est une personne qui essaye de le faire monter dans cette voiture qu'il ne connaît pas du tout ! Martin mord le voleur au poignet. Il réussit à s'enfuir. Mais il n'a pas fait attention et en traversant la rue, il entend une autre voiture qui freine très fort... Elle a failli l'écraser... Martin ne sait plus où aller... Il arrive dans un parc. Tout est calme. Pas de voiture, pas de chat, pas de voleur de chien... Mais il commence à avoir très faim... Il s'accroupit et guette les allées et venues. Il y a beaucoup de monde dans ce parc ; des parents avec leurs enfants. Ils les surveillent attentivement. Quand, soudain, un père de famille se lève pour aller aider son petit garçon qui veut faire de la balançoire.

Martin, le ventre plus que creux, renifle une odeur alléchante. Il se précipite sur le banc et attrape des gâteaux dans le paquet ouvert laissé sur le banc. Il se sauve, car il a maintenant très peur de se faire attraper par tous ces gens qui lui paraissent méchants. Il ne sait pas quoi faire ni où aller. Alors, il décide de se promener le long de la rivière. Cela lui permet de boire un peu. Il longe, longe la rivière. Puis, Martin commence à penser qu'il reconnaît ces sentiers herbeux. Il venait souvent en promenade dans ces coins, du temps où il était heureux avec son cher maître. Et puis, tout à coup, le miracle auquel il ne croyait plus se produit ; il reconnaît une odeur familière. Il sent son maître. Il pense d'abord à une hallucination, à un mirage comme le pauvre randonneur perdu dans un désert.

Mais, il se trompe, cela ressemble trop à la réalité. Il court, court et finit par apercevoir celui qu'il chérit par-dessus tout : son amour de maître. Il est en train de pêcher tranquillement, près de l'étang qui se trouve proche de l'aire de jeux, car c'est la seule activité qui le calme depuis la disparition de son petit chien adoré. Puis, comme dans un rêve, Olivier, le maître, entend aboyer. Est-ce un mirage ou une hallucination ? Le temps de penser cela, Martin se jette dans ses bras et le léchouille de partout. Quelle belle journée pour ces retrouvailles ! Martin sait désormais qu'il restera à côté de son maître et qu'il ne courra plus après ces maudits oiseaux !

Proposition d'écriture N° 35 : les mots monosyllabiques

<u>**Consigne :**</u>

Comme leur nom l'indique, les mots monosyllabiques ne possèdent qu'une seule syllabe, soit écrite, soit phonétique.
A vous d'inventer une histoire où vous allez utiliser uniquement des mots monosyllabiques.

Mes conseils

Il n'y a pas d'autre contrainte, dans cette proposition d'écriture, que d'utiliser des mots d'une seule syllabe. En conséquence, dans ce jeu d'écriture, il s'agit de composer des phrases dont chacun des mots ne comporte qu'une seule syllabe, écrite ou phonétique. Tous les mots, verbes y compris.

Cette consigne d'écriture peut sembler ardue au départ, mais en y réfléchissant, on s'aperçoit vite que la langue française regorge de mots d'une seule syllabe. Si on se sent bloqué, on fait appel à un dictionnaire ou on effectue une recherche sur internet.

Ce n'est pas parce que les mots de votre historie seront plus courts que celle-ci aura moins d'intérêt. Votre histoire doit avoir, bien entendu, un début, une suite et de manière logique, une fin qui se tient.

Mon texte

Paul vit dans les bois. Il vit seul avec son gros chien. Il a une tente ; il y dort la nuit. Son site est bien vert dans les bois. Il fait tout en kit de ses mains. Il mange avec les doigts, cuit sa bouffe sur le feu avec du bois sec. Il a une dague car il chasse les bêtes le soir. Comme ça, il a de la viande crue et la fait cuire sur son feu. De temps en temps il prend son arc et tue une bête au fond des bois. C'est rare, mais il aime bien le faire quand c'est la pleine lune.
Paul est jeune, mais semble vieux car il râle trop. Il parle tout seul dans son coin. Il ne range pas, il n'aime pas ça. Il donne des figues à son chien qui fait des fugues de temps en temps. Il a faim. Il va en ville et prend des poules.
Paul fume trop et tousse trop. Il prend du thym pour sa voix. Sa voix grave a un voile ; ce n'est pas bon pour lui. Il parle peu aux gens. Il se lave peu, il est sale. Le sang des bêtes qu'il tue tâche sa peau. Il s'en moque. Les gens ne le voient pas. Les poils de son crâne sont raides de crasse,

comme les pattes de son chien, pleines de boue.

Il n'a plus que sept doigts aux mains ; il en a perdu trois à la guerre, dont ses deux pouces. Il hait la guerre, mais il chasse.

Il se ronge les peaux de ses mains toutes sales. Il a trop de tics aussi, et son chien a des tiques. Le pauvre !

Il mange des pois et des figues tous les jours, boit du lait de la ferme.

Les rats font des mottes ; c'est plein de terre avec les vers. Il hait ces bêtes. Elles sont moches pour lui.

Il les tue. Il lave son linge dans la mare près de sa tente, où il y a des œufs de mouche. Le site est piteux mais Paul l'aime bien. Ça n'a pas de prix pour lui. Il aime la nuit et voit la lune tous les soirs, sauf les soirs de pluie. Il jure trop, ses mots sont courts.

Paul est grand et gros, mais pas gras. Le jour, il dort avec son chien, seul dans sa tente. De temps en temps il a froid mais ne dit rien. Il rêve à l'été, il le guette. Mais il fait trop chaud. C'est dur l'été dans la tente. Chaque jour est un four. Gare à sa peau ! Il n'a rien, sauf ses fûts pour le vin de son cru. Ses yeux sont noirs et moches, sa bouche est bien rouge, ses joues sont basses et son

nez est plat. Il n'est pas beau. Pas grave car il vit seul !
Il est fou, on pense en ville. Dingue même !

Proposition d'écriture N° 36 : la danse des prénoms

> **Consigne :**
>
> Vous allez chercher des prénoms masculins et féminins de différentes origines.
> Vous commencez chaque vers de votre poème avec ce prénom.
> Vous cherchez un mot en fin de vers qui rime avec le prénom en question.
> Il n'y a pas de nombre limite de prénoms à choisir pour créer votre poème.

Mes conseils

Les créations avec les prénoms sont très amusantes. A coup sûr, les enfants adoreront et vous ferez progresser leur niveau de français et leur créativité.
Vous pouvez chercher votre inspiration où bon vous semble. Vous avez le choix entre les prénoms anciens, ceux des différentes mythologies antiques, ceux du Moyen-Age, ceux de votre famille.
Cette proposition d'écriture peut même devenir un exercice amusant pour placer les convives lors de grands repas en famille. La consigne est simple et on n'est pas obligé de créer quelque chose de compliqué.
C'est une proposition d'écriture à proposer, soit en fin de saison ou au début pour mettre les nouveaux participants à l'aise. C'est très amusant et je confirme que l'on s'amuse comme des enfants.

Mon texte

Bastien a peur des chiens.
François aime l'histoire des rois.
Laurence aime les danses.
Pascal nettoie les salles.
Lucette aime les sucettes.
Jacques prépare Pâques.
Matthieu est beau comme un dieu.
Norah adore les chats.
Robin se promène avec son chien.
Thibault n'aime pas les bobos.
Albert déteste le camembert.
Jeanne a sa voiture en panne.
Benoît porte sa croix.
Marguerite prépare les frites.
Alban se lave les dents et prend son temps.
Marion joue avec les pions.
Pauline a une angine.
Morgane a mal au crâne.
Victor cherche de l'or.
Hugo a mal au dos.
Clara me tend les bras.
Balthazar met du bazar.
Baptiste achète une améthyste.
Camille part en ville.
Charlemagne vit en Allemagne.

Dimitri fait du rififi.
Edmond aime les marrons.

Proposition d'écriture N° 37 : réunir toute la famille

Consigne :

Dans cette proposition d'écriture, vous allez créer un poème en utilisant tous les prénoms de votre famille ou de votre cercle d'amis.
Vous trouvez ensuite une veille, un lieu ou un pays qui rime avec le prénom en question.
Vous faites rimer le prénom avec la fin de chaque vers.
Vous pouvez ajouter une contrainte supplémentaire, comme un moyen de déplacement, par exemple.

Mes conseils

On n'est pas obligé d'écrire de la poésie de façon classique. Il existe plein de possibilités pour inventer des poèmes. Cette proposition d'écriture en fait partie. Elle est très amusante à réaliser, notamment dans un atelier d'écriture.
J'aime bien les consignes d'écriture qui dévient avec un pas de côté des règles classiques qu'on cherche à nous imposer. La créativité n'a pas de règles strictes. Si on cherche à vous imposer des règles strictes dans un atelier d'écriture, fuyez-le. Ce n'est pas le but de la création. Le but est de se faire plaisir avant tout et de développer sa créativité.
Pour cet exercice d'écriture, j'ai choisi une seule personne de ma famille…qui n'existe pas d'ailleurs. Vous voyez, j'ai contourné ma propre consigne. Alors, faites-vous plaisir car tout est possible !

Mon texte

Ma tante Agathe vient des Carpates.
Ce n'est pas dans les pays Baltes.
Elle se déplace souvent à quatre pattes
Comme un mille pattes.
Sauter, elle n'est pas apte.
Elle n'est pas acrobate
Mais plutôt délicate.
Elle épluche beaucoup de patates
Qu'elle cuisine sans nitrate.
Elle est lauréate
D'une collection de boîtes.
Elle aime boire du picrate
D'une teneur ingrate.
Elle s'hydrate.
Elle voyage sur une frégate
Avec des aristocrates
Et des bureaucrates.
Elle est démocrate
Sans cravate.
Elle connait les dates
De tous les diplomates.
Elle est numismate
Elle collectionne ses pièces dans la ouate.
Elle cultive des aromates
Qu'elle mange avec ses pâtes.

Elle parle le croate
Et elle vit de manière spartiate.

Proposition d'écriture N° 38 : l'annuaire imaginaire

> **Consigne :**
>
> **Dans cette proposition d'écriture, vous inventez un annuaire (voir l'exemple ci-dessous).**
> **A partir de là, vous créez une histoire sur le thème que vous souhaitez en insérant tous les détails trouvés.**

NOM	ADRESSE	VILLE
Mme Baguette	45, rue de la Boulangerie	Marseille
M. Dubois	56, chemin des Troubadours	Orléans
Mme Estomac	14, place Crise du Foie	Foie
M. Roue	66, avenue Crevé	Cognac

Mes conseils

Là encore, dans cette proposition d'écriture, la créativité est mise à l'honneur. Les idées peuvent venir assez vite, ce qui a été mon cas. Je commence avec une idée, et ensuite, je laisse le fil se dérouler dans la direction qu'il choisit.
C'est un exercice plaisant, car il faut juste s'amuser. Toutes les directions sont possibles. Vous avez le droit de mettre des noms bizarres, ou des noms de personnes que vous ne pouvez plus encadrer. C'est votre droit le plus strict. Seul vous savez à quoi correspond chaque nom trouvé.
Il n'y a aucune difficulté, juste prendre le temps de s'amuser.

Mon texte

Ma voisine, Mme Baguette se levait toujours très tôt et faisait son ménage tandis que je dormais encore. Nous habitions un vieil immeuble rue de la

Boulangerie à Marseille. Elle avait un fils qui ne portait pas le même nom qu'elle. Elle avait divorcé 15 ans auparavant. Un divorce difficile qu'elle voulait oublier et dont elle ne parlait jamais aux autres, même les membres les plus proches de sa famille. C'était du passé et elle ne voulait plus remuer le passé.
De temps à autre, j'allais lui rendre visite car elle se sentait bien seule dans son grand appartement vide. Elle me cuisinait des biscuits que j'adorais.
Quand j'étais enfant, j'aimais aussi écrire à mon oncle, Marcel Dubois. J'écrivais sur l'enveloppe M. Dubois, 56, chemin des Troubadours 45000 Orléans en m'appliquant. Je prenais mon temps pour former de belles lettres. Je lui parlais de tout et de rien, de ma vie, de l'école, de ce que je voulais faire plus tard. Il avait une amie qu'il adorait, mais il ne vivait pas avec elle. C'était une Mme Estomac, habitant 14, place Crise de Foie à Foie dans l'Ariège. Il ne la voyait pas souvent car ils habitaient loin l'un de l'autre. Mon oncle se rendait chez elle à chaque période de vacances scolaires car il était professeur de mathématiques. C'était bien pratique

d'avoir un professeur de maths sous la main. Je pouvais lui demander tout ce que je voulais ; il m'aidait toujours bien volontiers.

Rosine Estomac avait un frère qui habitait Cognac. Nous allions, mes parents et moi, lui rendre une petite visite sur le chemin des vacances quand nous quittions Marseille et sa chaleur étouffante pour les plages de Charente Maritime où résidaient mes grands-parents paternels depuis leur retraite.

Il était bien gentil ce Monsieur Roue à Cognac. Son adresse me faisait bien rire : 66 avenue Crevé. Quelle coïncidence tout de même ! Il était bien gentil et surtout âgé. Il aimait recevoir de la visite, de la jeunesse comme il disait. Il était bien plus âgé que sa sœur, qu'il voyait peu par ailleurs. Lui ne se déplaçait plus et elle travaillait toujours.

Leurs relations s'étaient distendues au fil du temps depuis la disparition de leurs parents. C'était ainsi. Il n'allait pas l'obliger à avoir des relations plus suivies. Ce n'était pas son genre.

Proposition d'écriture N° 39 : le marché aux puces

Consigne :

Le support du jeu d'écriture « le marché aux puces » est l'alphabet.
Chaque participant établit une liste de prénoms et essaie de trouver pour chacun un objet dont la première lettre est la même lettre que l'initiale du prénom.
Le but, bien sûr, est de composer des phrases plus ou moins longues, comme pour créer un poème.
Vous pouvez varier au plaisir et créer vous-même votre marché aux puces.
Vous pouvez modifier vous-même le temps du verbe.
Les prénoms peuvent être des noms d'animaux.
Vous pouvez choisir un thème précis.

Mes conseils

Avec ce genre de consigne d'écriture, encore une fois, vous pouvez vraiment vous amuser. Et c'est vraiment sympathique en atelier d'écriture en fin d'année, quand les participants relâchent un peu la pression.
La créativité est alors à son comble et cela donnera assurément de supers résultats, lus à voix haute.
Quant à moi, comme j'aime prendre les chemins de traverse, même avec mes propres consignes, j'ai choisi un prénom correspondant à chaque lettre de l'alphabet et j'ai créé des phrases, comme pour créer un poème, mais qui ne riment pas entre elles.
J'ai pris le loisir de surligner en gris pour que vous compreniez bien le principe de cette proposition d'écriture.

Mon texte

Adrienne a trouvé une vieille armoire dans le grenier de sa grand-mère.
Barbara a joué avec sa poupée Barbie toute la journée dehors.
Clémentine a filmé avec sa caméra l'anniversaire de son petit frère.
Delphine a joué aux dominos avec ses grands-parents pendant ses vacances à la mer.
Eglantine a pris une éponge et a nettoyé la voiture de sa mère, qui était très sale.
Fernande est une brave fermière et manipule sa fourche comme personne
Germaine a sorti sa guitare pour jouer des morceaux avec ses amis espagnols.
Henriette ne cuisine qu'avec de l'huile d'olive, cultivés sur ses terres.
Illona est partie passer ses vacances dans le sud de l'Italie avec son iguane.
Julie a enfilé son justaucorps et se prépare à sa leçon de danse.
Karine a trouvé un képi oublié sur un banc au Puy du Fou.
Laura dort profondément dans son lit car elle s'est couchée tard.

Mélina a cueilli du muguet pour donner du bonheur à sa maman.

Nicole ramasse les noix qui tombent tous les jours en automne.

Olivia a cassé quatre œufs pour préparer un gâteau au chocolat.

Paulette a déchiré son pantalon en se battant à la récréation.

Quintella a arraché des poils de la queue de son chien.

Renée vient d'éteindre son réveil qui a sonné bien trop fort ; elle aura du mal à se lever ce matin.

Solange a peur des serpents, même quand elle en voit un dans les livres.

Thérèse a acheté du terreau pour mettre à ses pieds de tomate pour favoriser leur croissance.

Ursula a revêtu son uniforme d'infirmière pour commencer son service à huit heures.

Valérie a enfourché son vélo et pédale à toute allure vers la ville.

Wanda a dormi dans un wagon-lit la nuit dernière dans le célèbre Transsibérien.

Xavière a parfaitement joué du xylophone pendant son concert lors de la Fête de la Musique.

Yolanda a acheté un yoyo qu'elle fait évoluer sous le tilleul de son jardin.
Zoé a admiré le beau zèbre au zoo de La Palmyre qu'elle a visité avec ses parents.

Proposition d'écriture N° 40 : je me souviens

Consigne :

A la manière de Georges Perec dans son texte « *Je me souviens* », vous allez raconter vos souvenirs en commençant chaque nouvelle phrase avec la formule « *je me souviens* ».
Ensuite, vous rajouterez des explications en vous plongeant dans chaque souvenir.
Ainsi, vous rédigerez plusieurs phrases assez longues pour former un texte cohérent.

Mes conseils

Cette proposition d'écriture est un classique dans les ateliers d'écriture. Georges Perec est un auteur sur lequel un animateur d'atelier s'appuie souvent et facilement.

Comme on possède en nous une quantité de souvenirs qui s'allongent avec l'âge, on devrait pouvoir écrire un texte assez long. On peut aussi choisir une période particulière et ne raconter les souvenirs que de cette période-là. On peut aussi raconter des souvenirs encore plus anciens, ceux de nos grands-parents par exemple.

On peut aussi proposer une thématique particulière pour raconter ses souvenirs. Cela peut être à la plage, pendant les vacances, à Noël, à l'école, etc. Ce jeu d'écriture peut devenir sans fin. Il est très intéressant en tout cas.

Mon texte

Je me souviens de mon premier chien, nommé Blacky, que nous étions allés cherchez chez un de mes oncles. Il était malheureux et enfermé dans un cagibi. Il a vécu 10 ans heureux avec nous.
Je me souviens avoir reçu un vélo vert en cadeau pour un de mes Noëls. Mais je n'ai pu en profiter longtemps car ma mère l'a emprunté pour se rendre tous les jours à l'usine.
Je me souviens de mon premier manuel d'anglais. Mes parents avaient acheté le manuel d'allemand. Mais, sans rien leur dire, j'avais barré leur choix et coché 'anglais' à la place. Je suis devenue professeure d'anglais !
Je me souviens de mes premières vacances d'été dans le Massif central dans le village Le Vaulmier. De mon maillot de bain que j'enfilais pour me baigner dans la rivière de montagne.
Je me souviens de nos repas le samedi midi. Invariablement nous mangions un beau steak avec des frites maison. Quand

nous étions plus grands, mon frère et moi, nous préparions nous-mêmes les frites.

Conclusion

Le guide « **ATELIER D'ECRITURE 2021** » s'achève avec la 40e proposition d'écriture. Cela se comprend car il est certaines périodes de vacances où l'atelier ferme ses portes. Il faut bien laisser aux autrices et aux auteurs le temps de se reposer et de recharger les batteries de leur imagination fertile !

J'ai pris un grand plaisir à rassembler mes consignes d'écriture de l'année 2021. Il m'a semblé important de rajouter des conseils, des réflexions et des ouvertures possibles pour chaque proposition d'écriture.
Ce n'est pas toujours évident de trouver le chemin vers une histoire et si j'ai pu vous aider, alors je suis ravie et heureuse. C'est le but de ce guide de vous aider, seul ou en atelier d'écriture, vers ce chemin fabuleux qu'est l'écriture créative.

Mon guide a aussi pour but de vous faire réfléchir seul ou en groupe sur la manière d'entamer une histoire et de faire évoluer des personnages qu'on prend plaisir à inventer.

Les ateliers d'écriture sont des lieux plus qu'enrichissants. C'est l'endroit idéal pour prendre confiance en soi quant à ses capacités d'écriture et d'imagination. Ecrire s'apprend, et un atelier, en présentiel ou en distanciel, est un bon moyen d'apprendre sans suivre de cours formels.
Ecrire s'apprend comme n'importe quel autre art. Personne ne vous obligera à écrire, car écrire sous la contrainte comme à l'école n'est pas vraiment écrire. Un atelier d'écriture sera la petite graine qui vous permettra de trouver votre propre chemin.

L'atelier d'écriture n'est pas le seul moyen d'apprentissage, mais si c'est un bon atelier, il vous fera gagner beaucoup de temps.

Comme l'écriture est une activité solitaire, les ateliers d'écriture vous aideront à socialiser vos textes, à leur donner vie en dehors de votre cadre. C'est important, parce que cela oblige à accepter le regard des autres.

On apprend à écouter les remarques bienveillantes des autres. On apprend à prendre de la distance pour se poser de nouvelles questions sur ses textes.

On apprend à écouter les autres qui lisent aussi leurs productions. On apprend à leur faire des remarques constructives et bienveillantes, sans porter aucun jugement. Faire des retours sur les écrits des autres est également formateur. C'est une étape indispensable pour se relire et progresser avec discernement.

Les ateliers d'écriture sont des espaces permettant de faire naître de nouvelles idées d'histoire. Cela nous permet de prendre des chemins de traverse auxquels on n'aurait jamais pensé.

Participer à un atelier d'écriture, outre le fait que vous sortez de votre isolement, est une ouverture pour sortir de vos habitudes.

Vous constituez, peu à peu, un répertoire de pratiques pour enrichir vos futurs projets. Vous allez apprendre de nombreuses techniques grâce aux propositions d'écriture. Ce fut mon cas.

Participer à un atelier d'écriture élargira votre palette de formes et cela vous donnera des idées de déblocage lorsque vous patinerez avec votre texte.

Il est cependant très important que vous choisissiez avec un grand soin votre atelier d'écriture. N'allez pas dans un atelier ludique si vous voulez approfondir l'écriture. L'atelier de votre choix doit correspondre à vos envies et à vos besoins. Prenez le temps aussi de discuter avec l'animateur. Si le courant ne passe pas, ne vous forcez pas.

Je dirai aussi qu'un animateur d'atelier d'écriture qui n'écrit jamais ou qui n'a jamais écrit n'est pas un bon animateur à mes yeux.

Fuyez les ateliers où on porte des jugements sur vos écrits. Le but d'un atelier d'écriture est de pratiquer la bienveillance, pas la critique. On a le droit de réagir, mais seulement si on apporte une analyse constructive. Il est interdit de blesser quelqu'un sous prétexte que l'on n'a pas apprécié son travail ou que l'on se croit supérieur aux autres. Un animateur digne de ce nom ne devrait jamais tolérer une déviance quelle qu'elle soit.

Selon l'objectif de l'atelier, l'animateur et les participants portent leur attention sur différents aspects des textes : le sujet traité, l'originalité, la pertinence des développements, la forme…. Il existe de multiples manières d'apprécier un texte. On peut évaluer la correction de la langue, le respect des règles de composition d'un texte, d'un genre ou d'une forme littéraire, voire la fantaisie à utiliser la consigne d'écriture. Toujours avec bienveillance !

Un atelier d'écriture est un lieu d'expérimentation, d'échanges. C'est une aventure humaine et créative. C'est un lieu d'expériences riches. Le but n'est pas de former des écrivains, mais d'écrire avec plaisir.

L'objectif numéro 1 d'une proposition d'écriture, c'est de faire écrire, de faire jaillir cette étincelle de la créativité.
D'ailleurs, plus la contrainte d'écriture est forte, plus la créativité s'éveille.
Chaque proposition est un défi lancé, à prendre comme un jeu.

De toute façon, c'est en écrivant que l'on apprend à mieux écrire au fil du temps.
Dans tous les cas, pour conclure, je dirai qu'écrire, en atelier ou pas, est déjà une promesse de voyage.
Je ne peux que vous souhaiter de faire un long voyage grâce à l'écriture.
Au fil de votre pratique, vous vous rendrez compte des bienfaits qu'elle peut avoir sur vous, à votre insu.
C'est mon cas depuis que j'écris des articles pour mon blog et depuis que j'écris et édite des livres. Je suis devenue une autre personne.
L'écriture m'a ouvert des perspectives insoupçonnées, autant qu'a pu le faire ma pratique du yoga et de la méditation.

Si vous souhaitez me faire part de remarques, vous pouvez me joindre avec les coordonnées que je vous ai jointes dans l'introduction.

Je serai ravie de recevoir vos commentaires.

D'autres livres basés sur les propositions d'écriture de mon blog vont paraître.

Je vous donne rendez-vous prochainement pour le nouvel opus de **« MON ATELIER D'ECRITURE » de l'année 2022.**

Table des matières

Qui suis-je ? 3
Le fonctionnement de ce guide 9
Proposition d'écriture N° 1 : se lancer un défi 12
Proposition d'écriture N° 2 : les textos infidèles 16
Proposition d'écriture N° 3 : une panne d'Internet 24
Proposition d'écriture N° 4 : l'histoire d'une personne âgée 31
Proposition d'écriture N° 5 : le mentaliste 38
Proposition d'écriture N° 6 : écrire à partir d'un incipit célèbre 45
Proposition d'écriture N° 7 : 10 mots à placer 53
Proposition d'écriture N° 8 : insérer une phrase à la fin de son texte 59
Proposition d'écriture N° 9 : des dés spéciaux 65
Proposition d'écriture N° 10 : célébrer le printemps 71
Proposition d'écriture N° 11 : la plage des Sables d'Olonne 75
Proposition d'écriture N° 12 : l'Euromillions 82
Proposition d'écriture N° 13 : le handicap 89

Proposition d'écriture N° 14 : des verbes surannés 97

Proposition d'écriture N° 15 : imaginer son avatar 103

Proposition d'écriture N° 16 : une bonne action 109

Proposition d'écriture N° 17 : les chiens au pouvoir 113

Proposition d'écriture N° 18 : des expressions à insérer 120

Proposition d'écriture N° 19 : une bêtise d'enfant 125

Proposition d'écriture N° 20 : un couple au crépuscule 131

Proposition d'écriture N° 21 : s'adresser à Dieu 137

Proposition d'écriture N° 22 : une vision 142

Proposition d'écriture N° 23 : les gouttes de la douche 147

Proposition d'écriture N° 24 : région à l'honneur 151

Proposition d'écriture N° 25 : retourner dans le passé 157

Proposition d'écriture N° 26 : j'aurais voulu être un artiste 165

Proposition d'écriture N° 27 insérer 10 mots 171

Proposition d'écriture N° 28 : le mythomane 178

Proposition d'écriture N° 29 : un tricheur   186

Proposition d'écriture N° 30 : l'hiver à l'honneur 195

Proposition d'écriture N° 31 : un souvenir de Noël   205

Proposition d'écriture N° 32 : un drôle de jardinier   211

Proposition d'écriture N° 32 : un rêve   218

Proposition d'écriture N° 33 : le jeu des sonorités 222

Proposition d'écriture N° 34 : un télégramme 226

Proposition d'écriture N° 35 : les mots monosyllabiques   230

Proposition d'écriture N° 36 : la danse des prénoms   234

Proposition d'écriture N° 37 : réunir toute la famille   237

Proposition d'écriture N° 38 : l'annuaire imaginaire   240

Proposition d'écriture N° 39 : le marché aux puces   244

Proposition d'écriture N° 40: je me souviens 248

Conclusion   252

© 2024 Laurence SMITS
Édition : BoD • Books on Demand GmbH, In de Tarpen 42, 22848 Norderstedt (Allemagne)
Impression : Libri Plureos GmbH, Friedensallee 273, 22763 Hamburg (Allemagne)
ISBN : 978-2-3224-7800-2
Dépôt légal : Septembre 2024